아네모네 피쉬

3 푸른사상 소설선

아네모네 피쉬

황영경 소설집

차례

동백나무 열매가 하는 말　　7

중향　　29

녹천　　55

아네모네 피쉬　　81

돛배가 오는 시간　　109

황색 바람　　143

물고기 종점　　171

곰팡이 시인　　199

작품해설 상처의 계보학과 애도의 글쓰기　김양선 • 223
작가의 말 • 237

동백나무 열매가 하는 말

동백나무 열매가 하는 말

　　내 방의 달력은 아직 오월이에요. 빨간색의 날짜, 어린이날이군요. 그 밑에 또 다른 빨간 날짜, 그건 석가탄신일이고요. 그리고 동그라미가 표시된 또 하나의 날짜…… 엎드려 책을 읽다가 그만 깜빡 졸았어요. 책장을 덮고 다시 잠깐 눈을 감았다가 고개를 들어보니 예쁘기도 해라. 은방울꽃이 활짝 피어 있네요. 오월 달력에.

　백합과에 속하며 뿌리 또는 전초를 약으로 쓰는데 생약명은 영란(鈴蘭)이라고 하며 종 모양의 꽃은 백색으로 4~5월에 피고 종자는 9~10월에 익는다…… 친절하기도 해라. 쾌락, 행복의 복귀라고 꽃말까지 적어 놓았네요.

새이는 가끔 해니의 묵은 편지들을 꺼내본다.

떠듬떠듬 소리 내어 읽는다. 공기가 목청까지 깊게 가 닿도록 저녁바람을 한 움큼 들이마셨다가 소리와 함께 토해내면 해니와 함께 희망이라든가 사랑이라고 발음 연습을 할 때처럼 동글한 기운이 새이의 가슴 속에 고인다.

희망, 희망, 희망, 숨을 크게 들이시면서 소리를 가볍게 뱉어 봐요. 낭랑하게, 사랑, 사랑, 사랑……

새이의 목이 갈라지는 것같이 아팠다. 목이 아니라 가슴이 몹시 아팠던 것 같다.

새이는 해니의 편지를 읽다 말고 가끔씩 고향의 바닷물 속으로 자맥질해 들어가 보곤 한다. 어머니 자궁 속같이 아늑하고 아득한 저수의 세계, 거기서 아주 따뜻하고 부드러운 기억만을 건져 올리고 싶다. 어머니 갱이네의 자궁 잉태 이전의 날들, 가능하다면 외할머니 오독네에게로까지 거슬러 올라가보고도 싶다.

소라섬에서는 소리에 목이 마를 때마다 바다로 나갔다. 배가 묶여 있는 해안가에서 폐허가 되어버린 당집을 기웃거릴 때면 새이의 양 가슴이 움찔거렸다. 처음 물질을 나갔던 날, 액막이라고 첫 수확한 문어의 생살을 한 입 베어 물었을 때의 비릿함이 지금도 가끔씩 코끝에 확 끼친다. 작은 물고기 한 마리가 젖무덤 속을 헤집고 다니는 듯한 스멀거림이 아직도 생생하다.

풍어를 바라고 고기잡이 남정네가 무사히 돌아오기를 바라는

아네모네 피쉬

소원을 빌던 돌단은 벌써 무너져 내렸다. 이제 어지간한 나이에 든 여자들은 내려앉은 돌무더기들을 그저 무덤덤하게 바라볼 뿐이다. 지천으로 굴러다니는 현무암 조각에는 여자들만이 기억할 수 있는 비밀스런 이름이 새겨져 있다는 사실을 소라섬 남자들이 알기나 할까.

……새이가 뭍의 여자가 된 지도 오래 되었네요. 우리는 왜 소라섬으로 다시 돌아가지 못할까요. 그리움만 가슴에서 찻물처럼 폭폭 끓이면서 말예요.

난 여태도 그 섬 마을, 그 고장에 대한 기사를 스크랩하고 있어요. 오늘 아침 신문에는 그곳의 별미에 대한 정보가 한 면을 거의 차지했더군요. 각재기국, 오분작 뚝배기, 다금바리회, 이름만큼이나 진기한 맛일까. 나는 미식가도 아니면서 그런 음식에 관한 것까지 다 오려내고 메모하고 그러네요. 내가 잠깐 살았던 그곳에서 겨우 맛본 건 갈치국과 보말국 정도뿐이에요.

아, 보말. 새이, 생각나요? 내가 이삿짐 꾸리고 있으니까 아침에 바닷가에 나가서 땄다고 한 사발 삶아가지고 왔었잖아요. 우린 그때 보말을 까먹으면서 커피도 마셨죠.

다시, …… 살, 아, 요.
새이가 이쑤시개로 보말 속을 꺼내주면서 내게 해주었던 말, 기억나요?

다시,와 살,아,요, 사이에 들어있는 말, 어떤 뜻이었을까요. 새이의 축약된 발음에는 늘 무엇인가가 가득 들어 있었어요. 해정 언니보다는 해니, 그래요. 새이가 나를 그렇게 불러주었던 것처럼 생략된 것에서 일컬어지는 새로운 이미지. 나는 정말 '해니'가 되고 싶었어요. '해정'이 아닌 다른 여자말예요.

그때 보말은 소라 맛, 그래요, 소라보다는 조금 더 질기고 구수한 조갯살의 맛 같았어요. 우리가 함께 나누었던 보말과 커피, 이들처럼 이질적이면서도 배격적이지 않은 관계가 있을까요. 그때, 새이가 내게 힘겹게 해주었던 '다시,와 살,아,요' 사이에 들어있던 말의 속뜻, 늘 간직할게요.

✤

배가 들어오면 새이의 어머니 갱이네는 호객에 나섰다. 민박을 들이는 방세가 갱이네의 물질보다 쏠쏠한 철에는 새이네 식구들은 한뎃잠을 자기도 했다. 본섬인 파랑도로, 멀리 바다 건너 아예 뭍으로 식구들이 하나 둘 떠나버리자 민박은 갱이네의 본업이 되다시피 했다.

M이 소라섬으로 돌아오던 날, 그 여자 해정도 함께 왔다. 남녀의 방문을 영접하듯 바다는 그날 밤 길길이 뛰면서 환호했다. 바다는 대체로 공평했다. 외지인인 해정은 소라섬의 첫 밤을 혹독하

게 치러야만 했다.

　밤바다의 울부짖는 괴성은 섬 여자들의 단잠을 깨운다. 초년과부가 된 섬 여자들은 밤새도록 곡두에 시달린다. 새이 역시 그런 밤에는 밤바다로 뛰쳐나가고는 했다. 그러나 귀신이 다 된 소라섬의 노파들에게는 밤바다의 괴성이란 전파를 타는 고물 텔레비전의 지직거림에 지나지 않았다. 하늘이 무너지는 소리에도 초연한 귀먹통이, 소라섬에서는 그래야만 갯바위에 붙은 따개비처럼 건조하게 오래오래 살 수가 있었다.

　여자가 다급하게 새이를 흔들어 깨웠다.

　"저어, 혹시, 어머니 고향이 해청도예요? 자꾸만 해청도에 가야 한다고 저러시네요."

　갱이네의 증세는 갈수록 심했다. 사위 최 목사의 멱살을 잡고 해청도로 데려다 달라고 을러보다가 금방 두 손을 모아 싹싹 빌기도 했다.

　소라섬 여자들은 대개가 오래 살았다. 짠물에 절은 단단한 몸뚱이의 얼레에서 풀려나오는 명줄이 질기디 질겼다. 하지만 새이는 어머니가 오래가지 못하리라고 예상했다. 심상치 않은 갱이네의 날궂이가 이미 다른 저쪽 세상의 주파수를 예민하게 감지하기 때문이라는 걸 알았다.

　새이의 외할머니 오독네도 그랬다. 이년아, 말을 해라, 말을 해. 소 죽은 넋이 씌었다냐, 왜 말을 못해? 광포한 바람이 몰아쳐 소라섬이 들썩거리는 밤이면 오독네도 발광을 했다. 어린 새이는 밤새 미친 할멈 오독네의 닦달을 견뎌내야만 했다.

바닷물이 펄펄 끓어 넘치면 오독네의 가슴 속에서도 주체할 수 없는 열화가 소용돌이쳤다. 소라섬의 다른 여자들보다도 오독네의 피가 유독 뜨거웠던가. 결국 꽉 찬 사리의 그믐밤에 역류하는 하수관처럼 오독네는 심장이 터지고 말았다. 오독네는 뭍에서 귀양 온 높은 신분의 양반 혈통을 타고 태어났다고 했다. 소라섬 사람들의 가계를 훑어 올라가면 상당수가 외지인의 혈손일 것이다.

소라섬을 처음 찾은 외지인들에게 폭풍우의 밤은 대개 악몽과도 같았지만 도락의 삶을 추구하여 마음이 더 도적 같은 사내들은 그런 밤에는 더 혼곤하고 깊은 휴식을 취할 수가 있었다. 새이도 아마 그런 어느 날 밤중에 점지되어졌을 것이라고 자신을 추측했다.

초봄의 어느 날 밤, 거대한 폭풍우에 낙화하는 동백꽃잎이 흩뿌려질 때 삼신할머니의 씨앗자루가 툭 끌러져 싸락눈 같은 씨앗 하나가 저절로 새어나왔을 것이다…….

어린 새이는 자신의 아비가 소라섬 남자가 아닐지도 모른다는 낭만적인 상상을 할 때마다 조금씩 행복했다.

섬 여자들은 육지 남자들에 대한 근원적인 환상을 품고 있었다. 아주 옛날 귀양을 살러 온 반역의 죄인들조차도 해룡을 타고 성난 파도를 가르며 나타난 의인쯤으로 여겼다. 따라서 나라의 중죄인이 불어날수록 소라섬 여자들의 행복도 불어났다. 섬 남자들이 수

평선 너머 어디쯤의 대국에 대한 향수를 품을 때 여자들은 뭍의 어느 질퍽한 저잣거리를 지난 생의 고향이라고 추측하고는 했을 것이다.

✢

　새이, 거기, 그네가 지금도 그대로 흔들리고 있을까요? 나는 그게 제일 궁금해요. 거기 바닷가, 그 놀이터에 그네가 아직도 있는지 한 번 보고 왔으면 좋겠어요. 우리는 그네 타는 것을 시온이와 솔로몬보다도 더 좋아했었잖아요.
　지금 내가 사는 이 동네에도 놀이기구들이 있어요. 드림파크라고 전엔 꽤 번성했던 유원지였죠. 호텔도 있어요. 퇴락한 회색빛 건물이지만 그래도 한동안의 영화를 짐작할 수 있는 고풍스런 모습은 여전히 운치가 남아있죠. 옛사람들이 고즈넉한 분위기를 살리려고 애썼던 것을 짐작할 수 있어요.
　이 작은 건물을 지금은 호텔이라고 부르는 것조차 어색하지만 고작 이십여 년 전이에요. 내가 아는 어느 중년여인은 이 호텔에서 신혼의 첫 밤을 묵었다는군요. 하나의 건축이 융성하고 쇠락해지는 시간, 이십 년이 그리 길어요? 우리가 철없던 소녀였을 적에 어떤 여자는 시집을 가서 남의 집 사람이 되었어요. 그건 우리와는 상관없는 다른 세상의 일이었을 테죠.

나, 무거운데 괜찮아요?

아줌마는 왜 이걸 타려고 그러세요?

어린애도 아닌 여자가 회전목마를 타려고 하니까 아르바이트생으로 보이는 청년이 시큰둥하지 뭐예요. 평일엔 한산하니까 직원들도 신이 나질 않는 거예요. 마이크를 잡고 흥분과 공포를 적당히 조장하는 말들을 쏟아내야 할 텐데 팬이 없으니 뭘 해요.

둥둥둥, 북소리가 나자 원형으로 돌아가는 열여덟 마리의 목마가 일시에 위로 솟았다가 꼬꾸라질 것같이 내달리는 거예요. 나는 호위병 하나 거느리지 못한 패장처럼 혼자 말무리를 끌며 어디론가 떠나야만 했어요. 꿈속에서처럼 내가 막 도망을 치는 거예요.

해니, 나도 그랬어요. 시온이와 솔로몬이 매달리면 뿌리칠 수가 없을 것 같아서 죽을힘을 다해서 도망쳐야 했어요. 그 애들은 할머니를 몹시 무서워했어요. 어머니가 그 애들을 해청도에 데리고 간다고 바닷가로 끌고 나간 적이 있었어요. 배를 타고 가야 한다고요. 그런데 해니, 해청도라는 데가 어디인지 아무도 몰라요. 어머니를 이곳으로 데려 올 때 해청도에 가자고 했지요. 어머니는 순순히 나를 따라 나섰어요. 그곳이 어디일까요. 내 아버지가 있는 곳일까요. 어머니 갱이네를 흠모했던 어떤 남자가 사는 곳일지도 모르죠.

갱이네가 젊었을 때 뭍에서 온 남자에게 마음을 빼앗겨 오독네의 눈을 피해서 동백숲 속으로 숨어들어갔을 테지요. 동네사람들은 갱이네의 빈 구럭을 오독네에게 일러바쳤겠지요. 갱이네는 뭍에서 온 그 남자를 따라서 소라섬을 떠나고 싶어 했겠지요. 나의 외할머니 오독네가 그랬던 것처럼요. 오독네는 빨리도 외손녀인 나를 소라섬 남자에게 시집보내고 싶어 했어요. 오독네는 소라섬에 뿌리를 내리고 살다 보면 뭍에 대한 그리움이 삭아지리라 믿었던 거예요. 그러면 따개비처럼 건조하게 오래오래 살아갈 수가 있을 테니까요.

※

파랑도 앞바다에서 새이 아버지가 그물을 끌어올리고 있을 때 갱이네는 뭍에서 온 남자와 동백숲에서 동백 열매를 따고 있었다. 밤알만 한 동백 열매가 익어 벌어지는 십일월에 뭍의 남자들은 소라섬으로 들어왔다. 그들 중에는 지난 초봄 동백꽃이 만개했을 때의 정취를 도저히 잊지 못해서 다시 찾은 낭만적인 사내도 끼어 있었을 것이다.

사시사철 머리에 동백기름을 반지레하게 발라 곱게 빗어 올린 뭍의 여자들은 남쪽 섬 해안지방의 특산물인 동백기름을 구하기 위해서 남정네들을 파견하기도 했을 것이다. 여자들의 단정함은 곧 남자들의 기쁨이기도 했다.

남자들은 여자들의 머리에서 맡아지는 동백기름의 냄새를 좋아했다. 엄밀히 말하자면 동백기름의 냄새가 아니라 여자의 깊은 체액을 마지막까지 뿜어 올리는 머리카락의 냄새를 좋아했던 것이다. 순수한 동백유에서는 거의 냄새가 나지 않았다. 편두통에 효과가 있다고 믿는 노파들만이 향 물질을 전혀 섞지 않은 순수한 동백기름을 사용했다. 결국 남자들이 혹했던 것은 여자들이 반지레하게 빗어 올린 단정한 머리채가 아니라 그 머릿결 사이사이에서 풍겨 나오는 이른 봄부터 짙붉었던 동백꽃잎의 집요한 향내, 그 환각의 체취였을 것이다. 동백기름에 섞인 나른한 관능에 여자들 스스로도 취하기는 마찬가지였다.

제 어미의 가쁜 숨소리를 들은 뱃속의 아이는 위급한 상황임을 감지하고 제 아버지를 애타게 불렀다. 어미는 왜 제 아이의 가쁜 숨소리를 듣지 못했을까. 태어나기도 전에 어미의 비밀을 알아버리다니, 곧 밖으로 나가야 할 뱃속의 아이는 끙끙댔다. 아버지의 얼굴을 처음 보는 순간 자신은 어떤 표정을 지어야 할까. 어머니 뱃속을 나가기 전까지 아이는 결정해야만 했다.

소라섬 여자들은 머리에 동백기름을 잘 바르지 않았다. 늘 소금기에 절어 있는 머리에 동백기름을 바른다는 건 갱이네처럼 여간 부지런한 여자가 아니고는 엄두도 낼 수 없는 일이었다. 아이는 그러한 사실을 응용하기로 했다. 동백나무 열매 하나를 손에 쥐고 나가서 아버지에게 보이리라, 어머니의 부지런함을 증명하리라.

이 아이의 손바닥 좀 봐라, 이건 틀림없는 동백나무 열매가 아니냐? 제일 먼저 아이의 손바닥에 새겨진 무늬를 발견한 이는 아이의 외할머니인 오독네였다.

세상에, 세상에, 갱이네가 동백숲에서 살다시피 하더니, 애 가진 어미가 부지런도 했지…… 동네 아낙들이 수군댔다. 어쨌든 그로써 아이는 아버지에게 증거했다.

울지도 않고 보채지도 않는 순둥이가 태어났다고 기특해 하던 가족들이 아이가 커감에 따라 차츰 영물 취급을 하기 시작했다. 아이가 마침내 입을 열어 단절음의 언어를 구사하며 울음을 토해내자 변고가 생겼다. 심한 폭풍우의 밤이 가고 나면 왁자한 소문의 바람이 한 번 더 불어왔다. 아이의 아버지도 아이가 아바, 아바를 부르며 울던 밤에 사고를 당했다.

동백꽃이 한창일 때면 동박새가 날아오듯 소라섬에는 외지 남자들이 꼬인다. 뭍에서 온 남자들은 폭풍의 밤이면 견딜 수가 없었다. 섬의 여자들은 그런 사실을 잘 간파하고 있었다. 외지의 남자들 역시 너무 일찍 피는 꽃 동백은 동박새가 없으면 열매를 맺지 못하는 꽃이라는 사실을 놓치지 않았다. 그들은 외따로 새로운 나라를 건설하려 했는지도 모른다.

폭풍우가 몰아쳐 동백꽃잎이 뚝뚝 떨어질 때 세찬 비바람을 뚫고 무수한 동박새가 표표히 날아오르는 그곳 해청도. 반역의 죄를 뒤집어쓰고 소라섬으로 쫓겨 온 남자들은 홍길동의 율도국 같은 나라를 세우고자 야망을 키웠을 테지. 소라섬 여자들 또한 그 타국으로 떠나기를 갈망했을 터.

내 아버지는 어떤 사람이었을까. 아버지 역시 여자들의 머리에서 맡아지는 동백기름 냄새를 좋아했을까. 새이는 종종 미궁에 빠질 때가 있다. 어머니의 머리에서 풍기는 동백기름의 냄새가 혹시 아버지의 비위를 상하게 하지는 않았을까.

아부, 아부, 하고 울던 폭풍우의 밤에 한 남정네는 깊은 파도 속에서, 또 한 남정네는 돌집에서 몸을 떨었다. 그날 밤, 파랑도 앞바다 한가운데서 아버지의 무자맥질은 해초의 가늘한 몸놀림에 지나지 않았을 것이다.

⚜

새이, M의 여섯 번째 기일이에요. 저 오월의 달력에 일요일을 제외한 두 개의 빨간색 날짜 말고도 동그라미가 그어진 또 하나의 날짜. 이제는 특별한 날도 아니군요. 그런데도 내 방의 달력은 이 오월에서 더 이상 넘어가질 않아요.

프랑스에서는 오월의 첫날에 은방울꽃으로 만든 화환을 사랑하는 사람에게 보낸다는군요. 사람들은 그날, 가슴에 은방울꽃을 꽂고 다녔다죠. 오월이 오기 전에 젊은이들은 은방울꽃을 꺾으려고 모두 산으로 올라갔다는군요. 사월에 불그레한 피막을 쓰고 돋아

나는 은방울꽃의 새싹은 레오나드라는 용감했던 그리스 청년의 몸 상처에서 흘러나온 진한 피가 땅에 스며서 피어나는 것, 젊은 용사의 몸에서 흘렀으니 향기가 그만이었을 테죠. 그래서 향수의 원료로 쓰이는 거겠죠. 쾌락과 행복의 복귀를 욕망하는 여자들이 은연중에 이 은방울꽃의 향이 섞인 화장품을 고를 테지요.

나는 영원히 이 오월의 꽃이 피어있기를 바라는 걸까요. 거실과 화장실의 것은 다달이 제대로 넘어가는데 침실에 걸린 이 제약회사의 상호가 찍힌 달력만은 오월에서 멈추고 마는군요. 온 인류를 떠받치듯 두 손바닥을 오목하게 오므려 모은 것 같은 원으로 둘러싸인 제약회사의 로고가 선명하네요.

두 손바닥, 나도 새이의 손바닥에 새겨진 그것을 만지려고 가끔씩 내 손을 새이의 손에 갖다 대고는 했지요. 그러나 나는 지금 누구의 손도 만질 수가 없어요.

심한 폭풍이 몰아쳐서 바다가 들끓는 밤이면 M도 광기 어린 사람이 되고는 했지요. 그가 만일 소리를 낼 수 있었다면 그의 울부짖는 소리가 하늘을 찌를 정도였을 거예요. M의 말하는 기능이 선천적으로 고장 난 건 아니었어요.

그래요, 한동안 말(言)이 나오지 않았던 적이 있었어요. 내 속에서는 너무나 많은 말들이 끓어 넘치는데 내 혀가 붉은 맨드라미 꽃잎처럼 구불구불 오그라져서 도저히 말을 몸 밖으로 밀어내지 못했던 시절, 스스로 말을 포기하고 침묵하는 동안 내 말들은 서서히 익어 갔답니다. 안으로만 단단히 여물어가던 말들이 어느 날 봉숭아 꽃씨처럼 좌르르 터져 나왔더랍니다.

어떤 사람은요, 유명한 타악기 연주자였는데 자기 스스로 자신의 혀끝의 일부를 잘라냈다지요. 그이의 연주회에 한 번 갔었는데 한일자로 꾹 다물어졌던 그의 입술이 연주가 고조되자 주문을 외듯 달싹이는 거예요. 같이 갔던 이가 말하기를, 만일 그 연주자가 혀끝을 잘라내지 않았다면 입술을 달싹일 때마다 쉿, 쉿, 소리가 새어나와서 연주에 방해가 되었을 거래요. 그래서 그 연주자는 혀끝을 잘라냈다는군요. 연주를 포기할 수 없으니 말을 포기해야 했던 거예요.

M이 포기할 수 없었던 열망의 세계, 누군가의 침묵을 참을 수 없었던 그의 혀는 단말마의 비명만 지르다가 결국 상추 모종처럼 뽑혀져야 했어요. M의 선대에도 소라섬에서 귀양살이를 한 반역의 죄인이 있었다는군요. 소라섬 사람들의 가계를 거슬러 올라가면 거의가 외지인의 혈손이라 했던가요. 아득한 옛날, 무인도였을 섬에 본래 토착민이 있었을까요. 사람들은 왜 유랑민의 후예가 되기를 갈망하는 걸까요.

✢

해니, 바람이 많이 불고 있어요. 내 고향 소라에서는 이런 날에 나는 바다로 갔어요.

어머니 갱이네도 이런 날엔 집에 있질 못했어요. 머리에 동백기름을 바르고 해녀들의 탈의실 겸 휴게실인 돌집으로 갔어요. 폭풍우의 조짐이 있는 날, 소라섬 해녀들은 물질을 포기했어요. 음습한 기운이 온몸에 퍼져 늙어 골골거리는 여자들은 아랫목에 허리를 지지거나 생선의 배를 가르고, 아직 피가 더운 젊은 여자들은 그 돌집 생각에 가슴이 후둑거렸지요. 아무리 시기심이 많은 여자라도 그런 날엔 돌집에서 있었던 일에 대해서는 눈을 감아주었지요. 여자들의 그런 암묵에 남자들도 가끔씩 항거를 했지요. 배가 뒤집히기라도 하면 섬 남자들의 눈도 뒤집혔어요. 물질의 실력이나 용모에서 내 어머니 갱이네와 다투던 애월네의 남편이 어느 날 그 돌집 안에다 불을 질렀어요.

아버지는 내 손바닥에 새겨진 동백열매의 의미를 알았을까요. 어머니의 뱃속에서 처음 들었던 그 소리. 거친 숨소리와 함께 합일의 기쁨에서 터져 나오는 탄성은 싹이 트기를 기다리며 속떡잎같이 도르르 말려있던 내 여린 혀를 그대로 굳게 만들었어요.

쇳물솥같이 바다가 끓어 넘치면 내 속에서도 끓어 넘치는 소리들을 토해낼 수 있었지요. 해안 절벽 끝에 서서 우우우, 아부부…… 괴성을 지르면 바다의 귀신할망이 화답을 해주었어요. 음산하고 짙은 허스키의 감미로움에 몸을 떨고는 했지요. 내가 어머니 뱃속에서 들었던 가쁜 숨소리와 희열의 탄성이 내 속에서도 터져 나왔어요.

잠시 바람이 자면 두두두…… 내게서 떠나가는 발걸음이 있었지요. 내가 늘 꿈꾸던 곳으로 서둘러 돌아가는 화급함이 묻어 있었지요. 어쩌면 그 사람인지도 몰라요. 건듯 불고 간 바람처럼 짧았던 인연. 소라섬 토박이 남자였어요. 내 외할머니 오독네의 소원대로 너무도 빨리 시집을 갔었지요. 말이 늦된 아이처럼 토막토막 끊어지는 내 소리들을 귀 기울여 참아줄 줄 아는 사람을 원했지요. 다행히 그는 그런 사람이었어요. 그러나 그 사람 역시 폭풍우가 심했던 밤에 내가 아,바,바…… 하며 단절음의 울음을 토해내던 밤에 사고를 당했어요.

갱이네의 증세는 날로 악화되어 갔지요. 새이는 그런 어머니를 두고 차마 떠날 수가 없었었답니다. 갱이네는 아마 최 목사에게 속죄해야 된다고 마음의 시달림을 받았을 겁니다. 갱이네는 아무도 들지 않는 골방을 내어주듯 최 목사에게 새이를 내주었으니까요.

바람과 햇빛이 들지 않는, 외따로 돌아앉은 그 방에 최 목사는 자신의 두 아들 시온이와 솔로몬을 들여놓았어요. 너무나 오랫동안 방치됐던 그 방에 온기가 돌았어요. 새이는 한 남자의 아내가 됨과 동시에 두 아이의 엄마가 되었답니다. 최 목사가 데려온 그 아이들은 새이의 친구가 되어도 좋을 만큼 적당히 자라 있었어요. 최 목사의 기도가 소라섬의 풍어를 보장해주지 못한다는 사실을 깨달았을 때 갱이네는 자신의 딸 새이가 심청이 될 수 없어서 실망했을 겁니다.

갱이네는 어쩌다 정신이 돌아오고는 했어요. 그럴 때마다 새이는 어머니에게 물었답니다.

해,청,도…? 갱이네는 더 이상 말이 없었습니다. 침묵은 소라섬 여자들의 또 다른 자존심이었지요. 새이도 갱이네의 뱃속에서부터 스스로 침묵을 익혔으니까요.

거기는 동박새가 많은 곳이란다…… 갱이네는 딸 새이의 품에서 숨을 거두었어요.

아직 발견되지 않은 섬, 거기가 해청도인지도 모릅니다. 아무도 모르는 그곳. 소라섬을 떠나간 동박새들이 무수히 날아올라 아름다운 선율로 노래하는 고장. 그곳에서는, 새이의 손바닥에 흐릿하게 남아있는 동백나무의 열매를 보여주면 누구라도 새이를 환영해줄 것만 같았습니다.

⚜

…… 바다를 건널 때는, 나는 다른 이에게 죄짓는 줄도 모르고 내가 탄 비행기가 바다를 다 건너기 전에 떨어지기를 간절히 바랐어요.

고승(高僧)도 아니면서 내가 무슨 천화(遷化)를 바랐던 걸까요. 아무도 발견하지 못할 곳으로 들어가 생의 종지부를 찍는 죽음의 방법이 있다고 들었어요. 한 인연의 세계에서 다른 인연의 세계로 옮겨가는 고차원적인 존재의 형태라는데, 나는 형체도 없이 자취도 없이 이 세상에서 사라지길 원했던 거예요. 주검을 남기지 않는 새들처럼 깔끔하게 정리되고픈 욕심이었을까요. 아니, 아무것도 아닌 존재.

비행기 창문으로 내려다보는 허공은 그저 맑은 담채화의 밑그림처럼 고요하고 잔잔했어요. 그 무심한 담청의 공간으로 몸을 날리고 싶었어요. 아무런 요동이나 파문도 없이 그 세계에서는 담담히 나를 받아줄 것 같았어요.

비행기가 육지에 닿기 전에 제발 떨어지라고 온몸과 마음으로 기도했어요. 끔찍한 테러라도 일어났다면 나는 얼마나 반겼을까요. 아, 차라리 전쟁이라도 일어났더라면. 내 일생에서 그처럼 극명하게 나쁜 상황을 원했던 시절이 있었다니요.

이 세상의 삶은 반쯤만 눈을 뜬 상태라고 합니다.

눈을 뜨니 사위는 어둑하고 침침한데 희뜩한 빛이 떠다니고 있었어요. 죽은 물고기의 뒤집힌 뱃살처럼 상한 빛이었어요. 머릿속에서는 썩은 우유라도 고여 있었는지 불쾌한 동통이 짓누르고 내가 살아있다는 통각에 쭈뼛, 곤혹감이 느껴졌어요…….

해니, 미안했습니다.

해니가 떠나는 날, 나는 그저 삶은 보말이나 한 사발 갖다 주었어요. 소라섬을 떠나는 해니가 부러웠고 떠나지 못하는 내가 부끄러웠어요. 차마 따라간다고 말할 수 없어서 살,아,요, 라고만 달싹이고 있었어요.

여기 이곳, 뒷산으로 가는 길에 작은 예배당이 보였어요. 찬송가 소리에 끌려 그냥 문을 밀고 들어가 뒷줄에 살그머니 앉았어요. 마침 옆사람들끼리 손잡고 인사하는 시간이었어요. 그 여자가 내 손을 잡으며 작은 소리로 미안하다고 말했어요. 나는 그 여자의 미안하다는 말을 이해할 수 없어서 어리둥절했답니다. 하지만 곧 왜 처음 본 그 여자가 내게 미안해하는지 알게 되었답니다. 그 여자의 손은 심한 화상 흉터자국으로 뒤덮여 있었어요. 그래서 그 여자는 내 손을 잡으면서 오그라드는 소리로 미안하다고 말했던 겁니다.

해니, 정말 미안했습니다. 나는 한 번도 해니의 손을 잡아주지 못했어요.

내 손 안의 것, 이것이 너무 꽉 차서 누구의 손을 잡을 수가 없었습니다.

해니, 여기, 이 고장에도 동백나무가 많아요. 아직 꽃이 피지 않았지만 머지않아 아주 조심스럽게 꽃눈이 트일 거예요. 신중함, 허세 부리지 않음. 해니가 내게 가르쳐준 동백의 꽃말이에요. 그 많던 소라섬의 동백들을 누가 다 이곳으로 옮겨다 심었을까요. 나는 이제부터는 아주 신중하려고 합니다. 동박새가 오는 밤에 조용히 동백숲으로 가겠어요. 아직도 내 손 안에 쥐여져 있는 이 동백의 열매. 나는 이걸 이제 그만 숲에 묻으렵니다.

　천화, 그런 게 있다는 것…… 해니, 고맙습니다. 나도 이제 돌아갑니다.

　나는 이제 따개비보다 더 단단하게 살아가겠지요. 내 고향 소라에서는 건조하게 오래오래 살아서 화석처럼 늙어가는 여자가 행복했답니다.

중향

중향

늦가을 비바람에 은행잎들이 우수수 떨어져 내렸다. 한 떼의 황금빛 나비들이 팔랑이며 허공 속으로 날아가는 것을 보았다. 한 박사와 늦은 점심을 끝내고 돌아가는 길이었다. 한 박사가 다시 근무해 줄 것을 조심스럽게 타진해 왔으나 나는 고개를 절레절레 내저었을 뿐이다. 빗발은 점점 굵어졌다. 젖은 은행잎들로 미끈거리는 보도 위에서 내 몸이 기우뚱했을 때 빗속에서 금사의 분가루를 날리며 나비 떼들이 다시 출몰했다.

 비를 긋기 위해서 들어선 건물 입구에서 불일서점이라는 작은 문패를 보았다. 불일(佛一), 나는 문패가 걸린 문을 조용히 밀고 들어갔다. 대책 없는 시간을 잠시 때울 수도 있겠다 싶었다. 거기서 우연히 나는 한 여자를 보았다.

『티벳』이라는 책장을 넘기자 피 비린내가 물큰 코를 찔렀다. 그 여자는 처참하게 팔이 잘려지고 있었다. 냉동생선을 자를 때나 쓸 법한 도끼 모양의 칼로 여자의 몸뚱이를 내리찍고 있는 노인, 총알을 맞은 여자의 어깻죽지에 구멍이 패어서 피가 흐른 자국, 사진 밑에 적힌 설명에서 총알이 아니라 독수리 부리에 쪼였다는 것을 알았다. 어지러웠다. 서점 안에서는 진한 향불이 타고 있었다.

접안렌즈 속에서 과장되게 벌어진 비공이나 인후, 여자의 질, 이런 것들도 몹시 어지러웠다. 실험도구로 제공되는 인체의 장기들을 들여다보고 기록하는 일이란 만화경에 매달려 세상을 파악하려는 것만큼이나 난해하고 몽환적이었다. 한 박사의 조수로 일하는 동안 내 모든 감각기관의 기능들은 서서히 쇠퇴해 갔다.

"박사님은 왜 인체의 구규(九竅)에 집착하시는 겁니까?"

"모름지기, 사람은 한 우물을 파야지요."

중세의 연금술사처럼 괴이쩍은 한 박사. 그가 운영하는 '중향'이라는 이름의 인체기학 연구소. 어떤 이들은 그곳을 불법 사체처리 업소의 하청업체 쯤으로 알고 있을 것이다.

그 여자의 나신은 독수리를 위한 공양이라고 설명되어지기에는 너무나 육감적이었다. 피가 채 식지도 않았는지 엎어진 여자의 몸뚱이 아래로 선혈이 낭자했다. 육신이란 단지 한 벌 옷에 지나지 않는다고 했던가. 그렇다면 이 여자의 옷은 아직 초벌빨래도 하지 않은 모카핑크색 실크 원피스가 아닌가. 독수리가 아니라 좀벌레가 쪼아야 할 것만 같았다.

  나는 더이상 책장을 넘길 수가 없었다. 속이 몹시 메스꺼웠다. 여자의 늘씬한 등허리와 미끈하게 뻗어내린 종아리에 칼날이 내리 찍히고, 여자의 숱 많고 긴 흑발은 땅바닥에 아무렇게나 퍼뜨려졌다. 아홉 개의 구멍을 통하여 빠져나간 그 여자의 혼이 천상으로 오르는 길목 어딘가에서 자신의 벗은 몸을 내려다보고 있었을 것이다.

  나는 풀썩 주저앉고 말았다. 실내에 퍼지고 있는 향이 너무 지독했다. 산달나무에서 추출해낸 진품의 백단향도 내게는 알코올 소독수 냄새만큼이나 넌더리가 났다.

  내가 금락사에 처음 갔을 때도 무더기로 피워놓은 만수향 때문에 머리가 아팠다. 산문 입구의 비둘기 부처님 앞에서부터 모든 탑신 앞에 이르기까지 사찰 안의 크고 작은 조형물들 앞에는 빠짐없이 진초록색 국수가락 모양의 향이 몽글몽글 실연기를 토하며 꽂혀 있었다.

⚜

  내가 그 여자를 처음 본 것은 금락사 입구 비둘기 부처님 앞에서였다.

  겨울해가 뉘엿거리는 산문 입구에 버스를 기다리는 사람들이

옹송거리며 줄을 서 있었다. 택시기사들이 시동을 걸어놓은 채로 호객 행위를 했다. 따뜻하게 금방 내려갑니다. 자, 한 분만 더 오세요. 한 분만 더, 한 분만 더, 최후의 선택을 종용하는 외침소리는 마치 극락으로 가는 반야용선(般若龍船)의 마지막 승선인 듯 추위에 떠는 사람들을 조바심 나게 했다. 나는 파카점퍼의 목덜미를 지그시 눌러보았다. 신도들을 하나 가득 태운 절 버스가 저 아래 계곡에서 곧 올라올 것만 같았다. 저녁예불 시간이 다 되어가고 있었다. 설핏 기울어 가는 햇살을 받으며 정좌해 있는 비둘기 부처의 표정을 살피는 것으로 나는 버스를 기다리는 무료함을 달랬다.

   비둘기 부처는 미소 석불상에게 내가 붙여준 별명이었다. 잘생긴 청년의 모습인 그 석불의 머리 꼭대기에는 늘 비둘기들이 서너 마리씩 올라앉아 있었다. 부처의 나발에다 똥을 갈기는 저 녀석들이야말로 벌써 성불했는지도 모른다는 생각을 하며 나는 합장했던 두 손바닥을 펴서 입을 가리고 큭큭 웃음을 삼켰다. 머리와 이마에, 어깨에 비둘기 똥칠을 하고도 불가사의한 미소를 지을 뿐인 석불의 그가 한때는 내 구원의 상이었다.

   한 박사는 내가 개구리 해부도 할 줄 모른다고 하자 망설였다. 어머, 여기서 분명히 사무원을 뽑는다고 하지 않았어요? 아까 전화 받으신 남자 분은 어디 계시죠? 내가 좀 도전적인 말투로 묻지만 않았어도 그는 나를 채용하지 않았을 것이라고 했다.

   나는 한 박사 대신 메스를 잡기도 했다. 거대한 동굴을 탐사하는 전문 탐험대원처럼 나는 나날이 과감해져 갔다. 동굴 속을 들여다보기 위해서는 먼저 잡목이 우거진 입구를 헤쳐내야만 했다. 망치와 도끼를 휘둘러 암벽을 부서뜨리기도 했다. 인체에서 영혼이 분리되어 나갈 때 반드시 거쳐야만 하는 통로, 그 아홉 개의 구멍을 연구하기 위해서 남은 생을 바치는 미친 아르키메데스, 한 구멍 박사 말고도 한 박사의 별명은 다양했다. 미친 노인네 밑에서 일하는 나는 그에게서 감염된 정신을 헹구기라도 하겠다는 듯 자주 금락사에 올라갔다.

서성대는 사람들 사이로 그 여자가 들어왔다. 어느새 땅거미가 짙게 내려앉은 일몰의 시간이었다. 마지막 한 분만 더요! 탁성이 섞인 택시기사의 호객소리가 다급하게 들렸다.

같이 걸어 내려가실래요? 희미한 웃음을 띤 여자의 표정이 낮달처럼 바래 보였다. 나는 홀린 듯 그 여자를 따라나섰다. 우리는 말 없이 어두운 고갯길을 내려갔다. 스쳐가는 차량들의 전조등 불빛이 가끔씩 우리의 앞길을 밝혀 주었다. 그 여자는 그림자처럼 사뿐사뿐 내 뒤를 따라왔다. 지나가던 차량의 정적이 끊길 때 달빛은 교교하게 두 여자의 정수리 위에 내려앉았다. 자비문까지는 한참을 내려와야 했다. 만물일체(萬物一體), 천지동근(天地同根), 굵은 획의 글자가 새겨진 석조 상 앞에서 우리는 각각 뒤돌아서서 합장 배례를 했다. 하직의 예를 마치고 뒤돌아서는 순간 그 여자는 내 그림자처럼 포개지기도 했다.

어둠 속에서 여자의 엷은 미소가 고혹적으로 빛났다. 긴 생머리의 여자에게서 느껴지는 천편일률적인 분위기, 나는 여자를 좀 더 구체적으로 읽어내기 위해서 코를 큼큼거려야만 했다. 직업에서 비롯된 버릇이었다. 모든 감각의 뿌리까지 더듬어 내려는 탐색의 자세, 한 박사는 내게 너무 심오한 습관을 길러 주었다.

그 여자의 체취는 주어진 생의 갑절 이상을 살아버린 것같이 정제된 것이었다. 그 여자의 옷자락에서도 향초의 냄새를 맡을 수가 있었다. 법당 안이 텅 비어 있을 때 오후의 햇살이 살큼 드리워지면 맡을 수 있었던, 신성이 휘발된 목재의 오래된 냄새라고나 할까. 불단 앞에 뭇신도들이 마구 살라놓은 훈향은 아니었다. 여자는 여전히 내 뒤를 사뿐사뿐 따라왔다. 그 여자의 머리카락이 흩날릴 때마다 가는 바람결 같은 정향의 냄새가 풍겨 나왔다. 그건 체액이 모두 증발된 그림자의 냄새였는지도 모른다.

⚜

전문의나 생명공학자들로 찾아내지 못한 여성의 삼차원적 호르몬 물질, 내 감각기관이 최고의 탐측기능을 발휘하기 시작했을 때 지우 그 남자는 벌써 대한민국을 떠나고 없었다. 내 감지력이 한계 영역을 넘어서 바야흐로 초능력의 신천지 안으로 돌입하려할 때 그는 이미 출국 준비를 끝냈던 것이다.

중향에서는 인체의 구멍들을 확대하여 촬영해 놓은 그로테스크한 장면의 사진들이 한두 장씩 손을 타기 시작했다. 연구소 내부 사정에 밝은 자의 소행이라고 한 박사는 결론을 내렸다. 누군가 자신의 연구에 반감을 품은 자가 음해의 시작을 경고한 것이라고, 한 박사는 내게 철통 같은 경계령을 내렸다. 한 박사는 지우를 의심했던 것 같다. 글쎄, 지우 그 남자라면 그런 괴이한 사진 따위로 대중들을 현혹시킬 수 있는 작품을 만들 수 있었는지도 모르겠다. 한 박사는 자신의 사진기만큼은 절대로 남의 손에 넘기는 일이 없었는데 그도 힘에 부쳤던지 지우에게 사진을 담당하게 했다. 내가 한 박사의 연구소에서 견딜 수 있었던 것은 지우가 있었기 때문이었다.

"그 노랑 여시 같은 것이 어찌나 한국 남자들한테 꼬리를 쳐대는지, 지우 그 인간도 정신이 흐려질 수밖에……"

내가 하바나에 가서 지우가 남긴 외상 술값을 청산하자 정수 언니는 괜스레 실비아를 들먹거렸다. 브라질인지, 멕시코인지, 남미의 어느 나라에서 왔다는 실비아는 때로는 러시아에서 왔다고도 대답했다. 남자 손님들은 늘 몇 살인가, 애인이 있는가, 그리고 실비아 같은 외국 여자에게는 어느 나라에서 왔는가도 빼놓지 않고 물었다. 손님들의 그런 질문들이란 물수건에 손을 닦는 것과 같은 당연한 절차라는 듯 아무렇게나 던져지므로 역시 아무렇게나 빨아

놓은 물수건을 내주듯이 적당히 둘러치면 그만이었다. 손님들도 곧 실비아의 국적이나 나이 따위는 금방 잊어버리고 그녀의 에스자 허리가 비틀어내는 농염한 자태에 환호작약할 뿐이었다. 우리들은 그저 특별 코스의 디저트를 주문하듯 늦은 밤 이차를 가자고 주문하는 손님들이 얼마나 빵빵한가, 하는 정도에만 신경을 쓸 뿐이었다.

"내가 뭐랬니. 미리미리 단속을 좀 했어야지. 믿는 도끼에 발등 찍힌다더니. 에이, 망할 놈."

정수 언니의 입에서 망할 놈이라는 욕설이 튀어나오자 나는 더욱 황폐해지는 기분이 들었다. 지우, 어젯밤 안 들어갔지. 실비아하고 잔 것 같더라…… 정수 언니의 친절한 제보 전화에 나는 이 구멍이나 그 구멍이나 다 매한가지지 뭐, 라고 늙은 창녀처럼 심드렁한 반응을 보였었다. 내가 너무 방심했었던가.

"하긴, 부나비 같은 인간이 어딘들 못 가겠니. 여자 등쳐먹을 건수만 있으면 지구 반대편이라도 가겠지."

지구 반대편? 대한민국의 반대편이라면 아르헨티나가 아닌가. 그렇다면 지우는 정말 그곳에라도 갔을까. 지우 그 남자에게는 새로운 피사체에 탐닉하는 광기가 있었다. 그는 한 박사의 사설 연구소인 중향에서 금방 염증을 느꼈을 것이다.

인체에서 마지막으로 빠져 나가는 기가 얼마나 센가 하면 말이야, 그건 아마 나사에서 쏘아 올리는 우주선의 출발시점 에너지와 맞먹을 거야. 그러니까 저 너머의 세상, 몇 백억 년 만에 도달할 수 있다는 그 세계로 혼이 날아갈 수 있는 거 아닐까. 아, 그런 인체유탈 순간의 혼을 찍어야 하는 건데…… 처음엔 그도 만화광 어린아이같이 흥분했지만 연구소 지하실 바닥에 깨진 벽돌처럼 굴러다니는 사체 조각에서 점차 흥미를 잃어갔다. 이건 신종의 야만이야, 엽기적인 변태놀이라구. 그는 한 박사와 나를 미친 사제들로 단정했지만 당장 떠나지는 않았다.

하바나의 외상 장부에는 그의 술값의 단위가 나날이 늘어가고 있었다. 정수 언니는 단골손님인 그를 몹시 못마땅해 했다. 작가는 무슨 작가, 여자들 누드나 찍던 인간이 심오한 척 폼 잡고 다니는 거야…… 나를 만나기 이전부터 그의 신용카드 계좌는 이미 폐쇄되어 있었다. 언니, 나도 알아요, 그 인간이 어떤 부류라는 것쯤.

"저 까트리나가 제법 몫을 하나 보네. 요즘, 언니 얼굴 펴진 거 알아?"

"그래? 남자들, 새 물건 들어오면 한동안 빵끗하지. 약발이 또 언제까지 가려나?"

하바나에는 또 다른 실비아나 까트리나가 계속 왔다가곤 했다. 나는 가끔 하바나 홀 한쪽 어두침침한 조명 아래서 실비아나 까트리나들이 불러대는 이국적 멜로디에 취한 척하며 백수 생활의 단조로움을 달랬다. 한 박사의 조수직을 그만두고 나니까 내 감각의 촉수들이 교란을 일으키는지 낮과 밤의 구분도 없이 불면과 기면의 증세가 나타나곤 했다.

여자들은 누구나 한쪽 겨드랑이 밑에 향주머니를 차고 있거든요. 그건 파파노인인 여성 안에서도 절대적으로 존재한다는 점에서는 모성의 원액과도 같은 것이지만 맹목적으로 누출되지 않는 신축성을 가지고 있는 면에서는 모성과는 엄연히 다른 것입니다. 그건 옛 여인들이 치마 밑 깊숙한 속곳 솔기에 달아 놓았던 사향주머니처럼 깊이 감춰진 것입니다…….

내가 한 박사의 조수직을 그만두고 나니까 내 담당의사인 K를 설득시키는 일 말고는 별로 할 일이 없었다. 내 코의 이상 기능을 검진하던 이비인후과 의사는 대번에 나를 자신의 후배인 K에게 연결시켜주었다. 하바나에서 내가 몸소 겪었던 직업의사들의 개 같은 작태들. 나는 의사와 환자 간의 공정하고 균등한 만남이 몹시 맘에 들었다.

내 담당의사인 K는 대단히 참을성이 있는 남자였다. 그의 그런 인내의 자세가 성실한 직업인의 임무에서 나온 것이라 해도 이 세상에서 그토록 내 말에 진지하게 귀를 기울여주는 남자가 있다는 것은 내게 매우 고무적이었다. 일주일에 한 번씩 갖는 신경정신과 의사와의 면담이 마치 내 연구 성과물에 대한 브리핑 기회이기라도 하듯 나는 한 박사에게서 훔쳐낸 사진까지 챙기며 꼼꼼하게 준비를 하고는 했다.

여자들에게 그런 삼차원적인 호르몬 분비처가 있음을 발견한 것은 제가 한 박사의 조수로 일하는 동안 이룩해 낸 최고의 성과였지요. 한 박사는 저의 이런 감지능력을 높이 사주었습니다. 저는 그의 유능한 조수였기 때문에 어떠한 방법으로든 점점 쇠퇴해가는 내 생리감각의 대체기능을 개발해내어야만 했어요. 그것이 고도의 직관력이든, 예민한 신경성의 착란이든 말이에요…… 나는 내 담당의사 K에게 나도 내 자신의 병세를 잘 알고 있거든요, 라는 의미의 최후의 진술 같은 것을 남기고 병원을 빠져나왔다.

K가 참된 인내로 내 상태를 관찰한 후 의사로서의 자신의 소견을 내게 슬슬 내비치려 할 시점에서 나는 발길을 딱 끊어버린 것이다. 당신은 성실하게 나를 대해주기만 했으면 된 거야. 내가 낸 진료비는 바로 내가 당신을 만날 때마다 주는 팁이었어. 당신이 내게 해준 서비스, 그 대가의 나머지들은 어느 기관에서 당신 통장으로 넣어주겠지. 당신과 나는 공정한 거래를 했을 뿐이야…… 콘크리트 벽면에 못을 박듯이 내가 목소리에 탕탕 힘을 주어 대꾸를 했더니 K는 이후로 다시는 내게 치료를 권유하는 전화를 하지 않았다.

"이제 와서 말이다만, 난 네가 지우 같은 남자와 엮이는 게 안 좋더라. 인생이라는 게 잘못 엮어진 노끈처럼 한 번 꼬이기 시작하면 풀기가 어디 쉽니?"

"언니, 지우는 나에 대해서 몰랐는지 알아? 그 남자도 다 알고 있었어. 내가 여기 하바나 출신이라는 거."

❖

　다람살라의 윗동네, 맥레오드 간즈의 티벳티안 거리는 인도와는 사뭇 다른 분위기였다. 달라이 라마가 이끄는 티벳 망명정부가 있는 국제적인 장소인 그곳에서 미아가 된 듯 잠시 방향감각을 잃고 서 있는 내게 한 남자가 성큼 다가왔다. 한국에서 오셨죠? 나는 그 남자의 큼직한 카메라에 먼저 눈길을 주었다. 그는 렌즈가 툭 튀어나온 카메라를 어깨에 메고 있었다. 나는 너덜너덜해진 안내책자를 손에 꼭 쥐고 있었다. 낯선 땅에서 내가 의지할 수 있는 건 가이드북, 그 한 권의 책자뿐이었다. 그 남자가 가이드북을 빌리러 내 숙소로 찾아왔다.
　"이 한국어 책자가 아니었다면, 일본에서 오신 줄로 알았을 거예요. 여기 일본 여자들이 꽤 많이 다녀가거든요."
　우리는 발코니에 나가 차를 한 잔씩 주문하고 마주앉아 지는 해를 바라보았다. 멀리 검붉은 바위산의 봉우리들을 배경으로 발코니의 난간 아래로 이어지는 계곡의 풍경은 불투명색 물감을 마구 발라놓은 캔버스처럼 다소 투박해 보였다. 외모로 보아 동양인은 그와 나 둘뿐인 것 같았다. 십일월 하순, 추위에 약한 온대성 기후대에 속한 나라의 여행객들은 이미 철수해 버렸다고, 그래서 지금은 이 티벳티안 거리가 한산한 편이라고 그가 친절하게 설명해 주었다. 그는 내게 저녁식사로 티벳의 수제비인 뗀뚝을 먹어보라고 권했다. 그는 오랜만에 모국어로 말을 하고 있으니까 뗀뚝에서 우리 설날 떡국 맛이 난다고 했다.

나도 매운 떡볶이와 아주 신 김치찌개가 몹시 먹고 싶었다. 하지만 나는 입을 꾹 다물고만 있었다. 처음 본 남자 앞에서 무엇이 먹고 싶다고 말한다는 건 음욕의 저의를 드러내는 추파와도 같다는 이상한 자격지심이 들었기 때문이다.

남자의 얼굴을 가까이에서 살피기는 실로 오랜만이었다. 더욱이 살아 있는 남자의 얼굴을 직면하고 바라보는 것은. 듬성듬성 돋아난 턱수염과 장발을 덮어 쓴 빨간색의 머릿수건, 일 년이 넘게 국외를 떠돌았다는 남자의 행색치고는 단정한 편이었다. 조금 까칠하긴 했지만 말간 얼굴빛과 초점이 확연치 않은 무심한 눈빛, 서른여섯? 마흔하나? 그의 나이를 가늠할 수가 없었다. 다만 그의 입가에 엷게 패인 잔주름이 어느 정도 삶의 이력을 짐작케 했다.

"내가 처음 여기 들어올 때만 해도 이 계곡이 온통 안개에 휩싸여 있어서 한치 앞을 내다볼 수가 없었어요. 계속 감기를 앓았지요. 몬순이 끝나고 햇볕이 쨍쨍 나니까 정말 살 것 같더라구요. 지금은 천국이에요, 천국."

천국이라고 말하는 남자. 여기가 정말 천국일까. 아, 나는 지금 천국의 남자를 만나고 있구나. 내가 이 천국의 남자를 만나기 위해서 헤매었구나.

"지금부터 당신을 천국의 남자라고 부르겠어요."

그는 손을 내저었지만 흡족하다는 듯 크게 웃었다. 그 남자의 웃음소리가 발코니 넘어 계곡 아래로 난만하게 퍼져나갔다.

다람살라, 작은 티벳이라고 지우에게서 들었다. 인도 북부의 지방이라고, 티벳과 함께 사진을 찍으러 가고 싶은 곳 중에 하나라고 했었다.

"달라이 라마는 지금 여기에 없습니다. 며칠 전에 유럽으로 떠났거든요. 여기서 이십 분 정도 걸어가면 달라이 라마가 기거하는 왕궁이 있어요. 그가 이 궁전에 머물고 있을 때는 대중 설법을 하기도 해요. 그런데 개인적인 친견은 좀 힘들어요. 미리 신청을 해서 날짜와 시간을 지정받아야 하니까, 그야말로 알현이지요."

왕궁이니, 알현이니, 그의 말을 듣노라니 정말 내가 무슨 천국의 왕궁에라도 와 있는 것 같은 기분이 들었다. 내가 찾으러 온 사람은 달라이 라마가 아니에요…….

"티벳은 지금 한겨울입니다. 고산지대라 체감온도는 훨씬 더 떨어진다고 봐야죠. 웬만한 체력이 아니시라면 내년 봄으로 미루시는 게 좋을 텐데. 뭐, 굳이 들어가시겠다면, 네팔을 경유해서 들어가야겠군요. 거기서 우정공로라고 하는 아주 경관이 끝내주는 길이 있는데 거길 넘어가면 됩니다. 중국을 통해서 넘어가는 노선을 많이들 택하지만 알 만한 사람들은 다 우정공로에 대해서 알고 있지요.

아, 그 길에서 바라보는 설산의 경치, 아마 죽여 줄 것입니다……"

 모국어의 풍성함에 흠뻑 빠져서 흥분까지 하는 남자의 이야기를 경청해 주는 것으로 다람살라에서의 첫날 일정은 끝나가고 있었다. 내게 가이드북을 빌리자는 건 핑계였고 그는 한국말이 몹시 하고 싶었던 모양이다.

 "나는 버스 스탠드에서 걸어오는 당신을 처음 봤을 때, 나는 그만 가슴이 철렁했어요. 그녀가 온 줄 알았어요. 나를 찾아온 줄 알았어요."

 천국의 남자가 내게 빌리러 온 것은 가이드북이 아니라 천국의 복락을 함께 누릴 수 있는 하룻밤의 시간이었다. 호텔이라고는 하지만 허름한 모텔 수준인 내 숙소의 옆방에서는 비음이 섞인 남녀의 교성이 간헐적으로 들려왔다. 나는 이국의 밤 꿈속에서도 그 남자의 카메라를 거부했다. 그 남자가 내게 들이대는 카메라의 렌즈가 마치 총부리의 입구처럼 확대되어 나를 겨냥하는 것만 같았다.

 그만 치워버리지 못해, 이젠 지겨워, 그 까짓 합성사진 따위 어디다 팔아먹을 데도 없으면서……

⚜

 나는 다시 한 번 그 여자를 보았다. 파슈파티나트 화장터에서 불타는 그 여자를 보았다.

나는 다람살라에서 만난 천국의 남자와 함께 네팔의 수도 카트만두까지 왔다. 소나울리에서 삼십 달러의 비자피를 지불하고 각국의 배낭족들 사이에 끼어서 입국허가를 받는 이십여 분의 시간을 나는 거의 오줌소태 환자처럼 화장실에서 허비하다시피 했다. 애인도 아닌 남자와 함께 타국의 국경을 넘는다는 건 기쁘지도 나쁘지도 않았지만 나는 조금 긴장했었나보다.

우리가 만일 고전영화 속의 주인공들처럼 사랑 때문에 국경을 탈출하는 비운의 연인이라면……? 밤기차와 버스를 갈아타는 동안 내내 나는 오락가락 혼선된 감상에 시달려야만 했다. 지우와 실비아는 정말 같이 떠났을까. 한국 지표면의 반대쪽 끝 아르헨티나로 넘어갈 때는 어땠을까.

나는 여행을 마치고 돌아가면 한국의 땅 한 자락을 사들이리라. 내 남은 생애 동안 땅을 파리라. 모름지기, 한 우물을 파야지요. 한 박사처럼 나도 기필코 우직하게 죽어라고, 죽어라고 한 구멍만을 파리라. 그러면 언젠가는 직통으로 아르헨티나 땅의 지표를 뚫고 솟아오르리라. 땅강아지 같은 흙투성이가 나의 몰골, 지우 역시 삭은 삽자루 같은 모습. 그는 어느 날 아르헨티나 땅 한 귀퉁이에서 귀신을 만난 듯 나를 우련 보게 되리라.

파슈파티나트 사원에서는 매일 장례식이 거행되었다. 관도 없이 얇은 천 포대기에 싼 사체를 장작더미에 올려놓고 그 위에 기름을 붓고 불을 붙이면 그대로 숯덩이가 되어가는 과정을 천국의 남자는 참을성 있게 찍어댔다. 그가 셔터를 누를 때마다 순간의 영속을 붙잡으려는 처절한 금속성의 소리가 신음처럼 터져 나왔다.

　인체에서 분리되는 혼의 움직임을 어떻게 사진으로 찍지요? 내가 삐딱하게 묻자 지우 그 남자는 그냥 웃었다. 지우를 처음 만난 건 하바나에서였다. 나는 그때 이미 하바나를 떠나 있었지만 누구 하나 기댈 만한 사람을 갖지 못한 내가 정수 언니에게 발길을 딱 끊을 수는 없었다. 내 얼굴은 어때요? 내가 사진발이라는 것에 대해 묻자 지우 그 남자는 아, 저는 증명사진은 안 찍습니다, 하고 정중한 투로 대답했다. 사진사가 아니라 사진작가라 이 말씀이시죠? 그럼 작가님께서는 어떠한 작품을 찍고 계시나요? 내가 맞불이라도 놓겠다는 투로 나오자 그는 다짜고짜로 내 허리를 낚아채서 플로어로 끌고 나갔다. 때마침 격렬한 삼바 리듬의 음악이 흘러나왔다.

　오늘 밤, 나와 함께 있어준다면 내가 어떤 사진을 찍는지 친절하게 가르쳐 줄 텐데. 그 남자는 나를 상대로 하여 수많은 자세의 체위들을 찍었다. 걱정 마. 네 얼굴로는 안 되니까. 합성을 하는 거야. 아직 안 팔린 모델 중에 얼굴이 되는 애들은 수두룩하거든. 각각의 다른 얼굴들과 몸들이 조합되어 하나의 완전한 객체가 되는 거야. 나도 아닌, 너도 아닌 반쯤은 주체로, 반쯤은 타자로 살 수 있다면 그거야 말로 얼마나 평등한 것이니? 그 남자의 말은 다 옳은 듯도 했다. 나도 어디에다 내 얼굴을 내밀어 가며 사회적으로 책임 있게 살아가는 데 자신이 없었다.

여자의 주검이 놓인 쪽으로 자리를 잡았다. 인도의 갠지스와 같은 원류라는 바그마티 강변의 아리야 가트에는 화장을 구경하려는 사람들로 북적거렸다. 강이라고는 하지만 내 눈에는 그저 흙탕물이 흐르는 개천으로 보였다. 타다 남은 인체의 해골들이 아무렇지도 않게 떠다니고 있는 강, 그런 물을 성수라 하여 몸에 찍어 바르고 신전에 뿌리는 그곳 사람들의 신성에 나는 우두망찰할 수밖에 없었다. 제사를 지내던 신이 목이 말라서 바그마티 강을 만들었다고 했다. 쉬바신의 웃음소리에 강이 파였다고도 했다. 어쨌든 신의 필요에 의해서 강이 흘렀다. 인간으로서의 허위감 같은 것이 치밀어 오르려는 찰나에 내 일체의 사념을 멸할 것을 경고하는 종소리가 울렸다.

검고 긴 머리를 가진 그 여자에게 남편인 듯한 남자가 마지막으로 꽃가루와 향유를 뿌렸다. 가족으로 보이는 청년들이 그 여자를 들어 장작더미 위로 올려놓았다. 얼기설기 엎어놓은 장작들의 틈새로 불이 붙은 짚단을 밀어 넣었다. 화력을 돋우기 위해서 장작개비들을 적당히 뒤적거려 주자 불꽃은 일시에 만개하여 장엄하게 타올랐다.

여기저기서 여행객들이 사진을 찍어댔다. 나도 자리를 옮겨가며 카메라를 들이댔다. 렌즈에 이물질이 끼었는지 갑자기 초점이 흐려졌다. 손수건을 꺼내서 눈을 비벼보았으나 어른거리는 초점은 마찬가지였다. 양미간에 힘을 모아 눈을 서너 번 슴벅거리고는 다시 렌즈를 들여다보았다. 내 눈을 의심하지 않을 수가 없었다. 만화경을 들여다보는 것 같았다. 온통 붉은색뿐인 화면 속에서 황금빛 나비들이 팔랑거렸다. 드디어 내 신체기능도 맛이 갔군. 나는 목을 뒤로 꺾어 하늘을 올려다보았다. 방금 전보다 훨씬 선명한 황금빛 나비 떼들이 무수히 날아오르고 있었다. 사방천지가 자우룩하니 짙어지면서 현기증이 일었다. 아홉 개의 구멍을 거쳐 빠져나간 그 여자의 영혼이 천상에 오르고 있었다. 내 머릿속이 텅 비어 버린 듯 정수리가 뻥 뚫리는 서늘함에 몸을 떨었다.

그 여자 혜주도 황금빛 나비가 되어 날아갔다. 하얀 비단 천을 덮은 혜주의 관이 마침내 전기 가마의 개찰구 안으로 미끄러져 들어가 버리자 나는 헉, 꼬꾸라지고 말았다. 숨통이 막히는 전율이었다. 혜주의 가족들이 몸부림치며 오열했다. 그때도 내 눈앞에서 황금빛 나비 떼가 가득히 날아올랐다. 지상에서 한동안 술래처럼 살았던 그 여자의 혼도 시커멓게 숯 구멍이 된 아홉 개의 통로를 거쳐서 천상으로 무사히 돌아갔을 것이다.

버려진 돌덩이에다 그가 빛의 노출을 알맞게 조절해 주면 돌부처로, 돌사람으로 다시 살아났어. 그 남자는 한동안 마애불에 심취했었어. 경주 남산을 헤매고 다니더니 나중엔 반반한 절벽 바위들을 찾아서 헤매고 다녔지. 돌 속에 갇혀 있는 혼들을 불러내는 것이 그의 임무라도 되는 듯 말이야. 그 남자가 그토록 열중했던 건 결국 살아서 완성할 수 있는 임무란 아무것도 없다는 걸 증명하는 거였어…… 금락사에서 만났던 여자, 혜주는 왜 그토록 자신의 옛 남자와의 합일을 꿈꾸었을까.

인체에서 영혼이 빠져나갈 때 반드시 통과해야만 하는 그 아홉 개의 구멍을 종유석이 달린 굴속처럼 탐색했어. 내가 하바나에서 노래하고 춤출 때, 내 열망이 뜨거울수록 내 몸과 마음은 흐느적거렸지. 차갑게 식어버린 바위도 한때는 뜨거운 마그마였었잖아. 미친 노인네의 조수가 되어서 나도 미친 듯이 그 구멍들 속으로 돌진해 들어갈 수밖에 없었지. 혼이 빠져나간 자리, 더러운 그곳을 벌리고 더듬었지. 바야흐로 내 삼차원적인 감각기관이 열려가고 있을 때 그 남자는 내게서 떠나갔어. 내 새로운 차원의 영적 경지에 자기까지 동반될 필요가 없다고 판단을 했던 거야…… 내 속에서 울리는 독백의 소리를 들으며 나는 두 무릎 위에 고개를 박고 한참을 울었다.

사진 찍기를 멈춘 천국의 남자가 삼각대를 접으며 내 옆으로 자리를 옮겨왔다.

"여기 건데, 기분이 좀 나아질 거예요."

그가 담배에 불을 붙여서 내게 건네주었다.

"불가에서는 죽음이 끝이 아니라고 해요. 여기 힌두교 사람들도 그렇게 믿나요?"

담배의 맛은 몹시 독한 듯 했지만 메스꺼웠던 속이 좀 가라앉는 것도 같았다.

"영혼불멸, 뭐 이런 것은 어느 종교든 같은 이념 아니겠어요."

"죽지 않는 존재라면, 그렇다면, 언젠가는 돌아올 수도 있겠지요?"

나는 무언가를 확인하는 투로 그에게 다시 물었다.

"글쎄요, 누구나 다 돌아오는 건 아니겠죠. 한 번 떠난 채로 다시는 돌아오지 않는 사람도 있지 않겠어요."

무심한 투로 말하는 천국의 남자, 그의 얼굴이 어딘지 좀 창백해 보였다.

⚜

한 박사에게서 다시 연락이 왔다.

"따뜻한 남쪽 나라에서 뭘 좀 물어왔나?"

한 박사는 내가 박씨라도 가지고 오기를 기대했던 것처럼 말했다. 그는 내가 티벳까지 가지 않고 네팔에서 그냥 돌아 온 것을 알면 아마, 우물을 파려면 끝까지 파봐야지, 라고 가볍게 투덜거리며 혀를 쯧쯧 찼을 것이다.

"내가 요즘 몸이 말이 아니야. 나 좀 도와주지 않겠어? 좀 쉬면서 생각해 보라고."

"글쎄요, 지금으로선 저도 잘 모르겠어요. 하지만 이젠 다른 일하고 싶어요."

"다른 무슨 일? 책이라도 낼 텐가?"

"책이라니요? 제가 무슨 자서전이라도 쓴단 말입니까?"

"그쪽 갔다 온 사람들 다 책 내잖아. 무슨, 무슨 여행기 말이야."

"박사님두, 참, 제가 무슨 글재주가 있다고."

"사람은 모름지기 한 우물을 파야 해요."

그가 껄껄 웃으며 전화를 끊었다.

처음 한 박사의 연구소를 찾았을 때 나는 중향(衆香)이 무슨 뜻이냐고 물었다. 강바닥의 모래알만큼 무수한 붓다의 나라를 마흔두 번 지나친 후에 중향이라는 나라에 들어갈 수가 있는데, 그 나라에서 풍겨 나오는 향기는 우주에서 최상의 것이라고 했다. 백발이 듬성한 중노인이 경을 읊듯 들려주는 이야기에 나는 그만 취했던 것이다.

강바닥의 모래알만큼 수많은 나라를 마흔두 번씩이나 지나쳐야 하다니. 너무나 거창한 비현실이니 만큼 믿음에의 유혹 또한 강렬했다. 나직한 한 박사의 음성에서는 확신의 기운이 초연하게 배어 나왔다. 나는 덜컥 같이 일을 해보겠노라는 대답을 하고 말았다. 한 박사는 그런 나를 두고 불심이 있었기에 연이 닿았던 것 아니냐고 말했다. 내게 불심이란 게 있었는지는 모르겠지만 아무튼 나는 그때 그 무한하고 심오한 것 같은 중향의 의미에 매료되었던 건 사실이다.

짧았던 여독이 빠져나가고 내 몸과 마음도 슬슬 풀어지기 시작할 무렵, 한 박사가 입원했다는 소식을 들었다. 노인네, 혼 좋아하시더니 드디어 혼이 빠지셨군. 병원에 들려 한 박사를 문병한 다음 나는 중향으로 달려갔다.

 눅눅한 지하의 창고 방, 코를 큼큼거리며 익숙한 냄새를 마음껏 들이마셨다. 확 끼쳐오는 알코올 소독수 냄새에 머릿속이 쏴아 비워지는 것만 같았다. '지복의 낙원으로 들어가기를 원하느냐, 앞서 간 사람들이 치른 것과 같은 시련을 치를지어다.' 한 박사의 방에 걸려 있는 족자 속의 글귀가 나를 한층 고무시켰다.

 나는 좀 더 큰 비닐 앞치마를 찾아 두른 다음 끌과 망치를 집어 들었다. 사체는 아직 젊은 여자였다. 나는 이런 작업이 처음인 듯 긴장되면서 흥분되기도 했다. 사체의 여자가 조금 수줍어하는 것 같았다. 나는 단단히 부여잡은 망치 끝에다 전신의 힘을 모았다. 여자의 얼굴을 보지 않으려고 여자의 몸을 엎었다. 죽은 사람답지 않게 여자의 몸은 몹시 가뿐했다. 냉동생선을 내리찍듯이 그 여자의 몸을 퍽퍽 내리쳤다.

 전기톱 자루를 쥔 내 손이 부르르 떨렸다. 굉음을 내뿜고 막 출발하는 오토바이처럼 내 팔 동작에 신선한 관성이 살아나기 시작했다. 여자의 구멍들은 쉽게 열리지 않았다. 한이 많았구면, 쯧쯧…… 한 박사는 버릇처럼 가볍게 투덜대고는 했다. 이미 텅 비어버린 구멍들을 두고 그는 한이 많았느니, 화가 꽉 찼다느니 아주 쉽게 진단해내고는 했다.

　나는 급기야 곡괭이 자루를 집어 들었다. 내 혈관 속으로 실뱀 장어 한 마리가 침투한 것 같았다. 온몸의 피돌기가 격렬하게 요동을 쳤다. 나는 땀을 뻘뻘 흘리면서 깊은 갱도 속으로 점점 몰두되어 갔다. 마침내, 기필코 사들인 내 땅 한 자락을 파고 있는 듯한 나른한 쾌감에 휩싸여서 내 얼굴이 붉게 달아올랐다.

　갈라진 여자의 머리통에서 진한 설렁탕 국물보다 더 뿌연 액체가 새어 나왔다. 여자의 반쯤 벌어진 입안에다 탐폰을 집어넣었다. 기억의 뇌수들을 다 흘려보낸 여자의 표정은 아주 편안해 보였다. 나는 미리 준비해 온 초와 향을 피웠다. 솜뭉치를 찾아내어 알코올을 듬뿍 묻혀서 여자의 사체 조각들을 닦아냈다. 쏴한 알코올 냄새에 여자의 코끝이 조금 벌름거리는 것도 같았다.

　아홉 개의 구멍으로 남은 여자의 흔적들은 몹시 깊어 보였다. 여자의 구멍들 속으로 내 맨 손가락들을 조심스럽게 집어넣었다. 구멍들은 모두 비어 있는 것같이 뻥 뚫려 있었다. 어떤 거대한 성문 안으로 성큼 들어서듯 그 뻥 뚫린 구멍들 안으로 나를 밀어 넣었다. 나는 그 구멍들을 통과해서 어디론가 나아가고 있었다. 내 몸은 한없이 무거운데 이상하게도 내 발걸음은 가볍고, 점점 빨라지는 것이었다.

녹천

녹천

창동역인 줄 알고 내렸는데 녹천역이었다. nokcheon, 뿌연 불빛에 빛나는 표지판에서 얼핏 영문자를 읽었다. 녹턴인 줄 알았다. 야상곡, 밤이라 그렇게 읽었나보다. 鹿川, 한자 표기도 눈에 들어왔다. 사슴의 냇가…….

왜 나는 자꾸 녹천에 오는 것일까. 나는 십여 년 전부터 줄곧 집이 수유리 쪽이었다. 그래서 1호선 전철을 탔을 때 수유역을 지나는 4호선으로 갈아타기 위해서는 반드시 창동역에서 내려야만 한다. 하지만 나는 의정부 쪽에서 올 때는 한 정거장을 더 지나쳐 녹천역에서 내리게 되고, 그 반대 방향인 청량리 쪽에서 올 때는 한 정거장을 못 미쳐 녹천역에서 내리게 된다. 예나 지금이나 나는 갈아타는 역을 자꾸 놓치고 만다.

전철에서 내린 사람들이 서둘러 역사를 빠져나간다. 오후에 집을 나설 때까지만 해도 기습적인 한파의 전조는 보이지 않았다. 종종걸음을 치는 짧은 치마의 여자, 여름도 아닌데. 여자의 긴 맨다리가 휘어진 나무젓가락같이 헛놓인다. 침침한 내 시야에서 불균형의 구도로 걸어가던 여자의 뒷모습은 소실점도 남기지 않고 사라져 버린다. 순식간에 밀물과 썰물이 들이닥쳤다가 빠져나간 파시의 부둣가에 나 홀로 당그랗게 남겨졌다.

다음번 전철이 오기까지는 십오 분쯤을 기다려야 할 것이다. 십오 분쯤, 그것은 아주 오래전의 배차 간격이었고 지금은 그것의 반쯤인 칠팔 분만 기다리면 될 것이다. 역사의 창 밖으로 펼쳐진 밤 풍경은 무연히 낯설고 고요하다. 깎여나간 야산 아래로 덜름하게 들어선 아파트 단지가 보이고 산턱에 닿은 도로가 뒤집혀진 포유류 동물의 배처럼 희뜩하게 펴져 있다. 어디선가 사슴이 뛰어놀았을 텐데, 저 건너 숲 속에서 숨은 사슴 한 마리가 오늘 밤도 돌아오지 않는 그 누구를 기다리고 있는 것은 아닐까. 영원히 돌아올 줄 모르는 사람을 영원히 기다리는 일, 그렇게 어긋나게 살아가는 것조차도 평화로운 사슴의 고장…… 나는 왜 뜻하지 않게 자꾸만 녹천에 오는 것일까.

아주 오래전, 어느 봄날에도 나는 그만 창동역을 지나쳐 녹천역에 내리고 말았다. 의정부 세무서에 갔다오는 길이었다. 그때 녹천역은 지금처럼 방호벽이 설치되어 있지 않았고 지붕만 있는 한

데였다. 나는 철로변에 흐드러지게 피어 있는 개나리 진달래들을 보면서 내가 이 찬란한 봄날 한낮에 S사라는 회사 말고는 아무데도 갈 데가 없구나, 하고 탄식의 한숨을 내쉬었다. 경표 언니의 성격을 잘 알면서도 나는 일부러 다음번 전철을 두 번이나 놓쳐가면서 화창한 봄 날씨에 취해서 해찰을 하고 말았다.

아니나 다를까. 경표 언니가 삼십 분쯤 늦었다고 정확하게 집어냈다. 언니는 내게 심부름을 보낸 다음에는 꼭 시계를 들여다보면서 시간을 재는 것 같았다. 창구에 담당직원이 없어서 기다렸어요, 어떤 단체에서 나온 사람들이 데모를 해서 도로가 엄청 막혔어요, 라고 내가 변명을 할 때마다 언니는 그래, 알았어, 라고 아무렇지도 않다는 말투와 표정으로 짧게만 언급할 뿐 어떠한 후속조치는 취하지 않았다.

가령, 너 왜 자꾸 이러니? 라고 따끔한 잔소리를 한다든지 아예 근무 중 외출 금지령을 내려서 내 발목을 묶어 놓든지, 무언가 응징의 태도를 취할 수도 있으련만 언니는 그냥 알았다는 일관된 반응만 보여주고는 했다. 그러면서도 언니는 여전히 내가 사외 외출에서 돌아오면 상급자의 의무이기라도 한 듯 십오 분이나 이십 분쯤 늦었다고 일일이 집어내는 치사한 감시를 멈추지 않았다. 그럼에도 나 역시 거래처나 관공서 등 회사 밖으로 나갈 일이 생길 때마다 한눈을 팔며 거리를 배회하는 습관을 멈추지 않았다. 동화 속에 나오는 멈출 줄 모르는 구두를 신은 듯 내 의지와 상관없이

녹천 59

자꾸만 돌아치는 발목을 언젠가는 경표 언니가 끊어버리지 않을까, 불안하지 않은 것은 아니었다.

과거의 문을 단번에 박차고 나오기 위해서 수차례의 예행연습이 필요했던 것일까. 문밖을 나와서는 겨우 근거리까지나 서성거리고 다니면서. 그는 왜 나를 떠났을까, 사실은 내가 먼저 떠난 거라고 자책할수록 거리의 찰거머리 여자처럼 나는 들러붙고 있었다. 검정치마에 민무늬 흰 블라우스를 어색하게 차려입고 지리산 청학동에서 방금 전 올라온 것 같은 여자들이 출몰하고는 했다. 저기요, 후광이 서려있네요, 잠깐이면 되요…… 자신을 기피하는 상대를 막무가내로 잡아끄는 여자, 대체 무엇을 구하고자 했던가. 하지만 그때 내가 거리에서 이십여 분의 안팎 동안 할 수 있는 일이라고는 고작 맥도날드나 롯데리아 같은 데에 들려서 그다지 길지 않은 줄을 서고 기다렸다가 아주 달콤한 아이스크림을 하나 사먹거나, 하릴없이 여성복 매장의 쇼윈도를 기웃거리다가 문을 밀고 들어가 가격만 물어보고 돌아 나오는 일이었다.

부탁입니다. 제발 쓰레기통에다 커피 붓지 마세요. 남은 커피는 철길에다 붓든지 그대로 노아 두세요. 쓰레기통 위쪽 벽에 붙은 당부 내용의 글귀. 흰 책장에 뜨겁고 진한 커피 잔이라도 엎은 듯 그만 내 눈길이 확 뜨거워진다. 맞춤법을 무시한 삐뚤한 글씨체로 보아서 정식 역무원이 아닌 용역 청소원이 직접 써서 붙인 것 같다.

대체 누가 이런 호소에 마음을 기울일까. 나는 주위를 한 번 둘러본다. 어두침침한 역사 안에 나 혼자뿐이다. 나도 한때는 자필이 지닌 호소력을 믿었던 적이 있었다. 밤새도록 몸과 마음을 뒤척이며 구구절절한 편지를 써서 보냈으나 내 어리석은 기대감은 결국 몇 갑절이나 되는 모멸감으로 되돌아 왔다. 넌 아무래도 작가가 될 걸 그랬나보다, 나보다는 더 많은 독자의 심금을 울리는 게 훨씬 가치 창조적일 텐데…… 결국 자필이 져야 할 책임만 있을 뿐 자필이 주는 신뢰나 진실 따위는 어디에도 없었다.

'옛날 어느 뱃사공이 배를 팔아 말을 샀습니다. 그런데 말을 몰아보니 굽이굽이 가파른 비탈길이 파도보다 힘들었습니다……' 「풍경소리」라는 제호의 글귀이다. 내 두 번째 직장이었던 S사마저 그만 두게 되었을 때 내가 찾아간 곳이 파도치는 밤바다였었던가. 옛 남자와의 추억을 더듬으며 그 남자의 아이를 둘 정도 낳고, 매일 아침 출근하는 그 남자의 등 뒤에서 종알종알 잔소리나 해대는 그렇고 그런 여자의 모습, 그리웠던가. 그때 나도 그 어느 뱃사공처럼 나를 태우고 갈 배가 이미 없음을 두고 탄식했었던가.

나는 역사의 벽에 드문드문 걸려 있는 액자 속의 글귀들을 천천히 읽어나간다. 이 밤, 아무도 읽어주지 않는 문구들은 단속의 된서리를 맞은 홍등가의 호객소리만큼도 호소력이 없다.

'21세기는 화술과 리더쉽의 세계. 개발하는 자만이 앞서갈 수 있다.' 리더자 과정, 화술교육 과정. 인성개발원이라는 곳에서 내

건 광고문구이다. '화술교육'이라는 글자가 몹시 압도적이다. 나는 핸드폰을 꺼내서 전화번호를 입력한다. 박민자에게는 이런 물리적인 방법이 더 즉효가 있을지 모르겠다.

박민자는 신입사원을 교육시킬 때마다 몹시 스트레스를 받는다면서 요즘도 웅변학원 같은 데가 있느냐고 내게 물어왔다. 내가 박민자를 만난 건 모 지방신문사 후원의 '달빛답사' 여행 때였다. 달빛을 밟는다는 건 신라 때 처용이라는 귀신남자를 만나는 것만큼이나 고혹적이었다. 하지만 그런 카이로스의 시간으로의 여행은 침침한 플래시 빛 속에서 앞서가는, 통속한 삶에 치인 중년들의 넓적한 둔부만 확인한 값비싼 옵션이었다. 같은 방을 썼던 박민자와 나는 죽이 맞았는지 그 뒤로도 서너 번 더 그런 유령단체 같은 여행팀을 따라다녔다.

살아가는 데 당장 필요 없는 것들로 머릿속을 채워봐요, 때론 그런 것들이 건강상식 정보보다 더 유익할 수가 있으니까요. 나는 박민자에게 책을 권했다. 그때 내가 박민자라는 여자와 똑같이 돼볼 수가 없으니까 그냥 자판기 종이커피 하나를 건네듯 무심히 책을 읽으라고 했을 것이다. 독서가 내게 교양 차원이었다면 그 여자에게는 생존 차원이었다. 말을 잘 하려면 어쨌거나 머릿속에 든 게 많아야 된다는 상식 따위는 부자가 되려면 곳간에 쌓아둔 양식이 많아야 된다는 농경사회의 통념만큼이나 진부한 것이지만 박민자는 책을 많이 읽으라는 내 충고를 진심어린 우정으로 받아들였다.

 정퇴한 노인이나 명퇴한 중년이나 요즘 사람들은 왜들 그렇게 유식해요, 그 사람들 모아놓고 약을 팔거나, 약을 팔아오라고 시키려면 백과사전 정도는 통째로 외고 있어야 약발이 먹힌다니까요. 박민자는 건강식품 판매업을 새로 시작하고부터 달변의 비법을 구하고자 부단히 애를 썼다.

 쓰레기통 옆의 모래상자에는 다 피워버린 담배꽁초들이 꽂혀 있다. 소방용으로 놓아 둔 정사각형의 모래상자에 하나같이 끝이 꼬부라지고 찌부러진 짧은 꽁초들이 어느 정도는 종횡을 맞추고 꽂혀 있다. 녹천 남자들은 필터가 타들어갈 때까지 남김없이 담배 연기를 피워 올리는 모양이다. 그 아슬아슬한 경계의 맛은 어떤 것일까. 불안, 초조, 욕구에 찬 미련, 뼈저린 공허? 아무리 내 머릿속에 상황을 설정해 봐도 그 끝맛을 추정할 수가 없다. 담배도 피지 않는 내가 필터가 타들어가는 그 경계의 맛을 어떻게 알 수 있을까.

 그래, 똑같이 되어보지 않고서는 모르는 거야, 아무도 함부로 말 못하는 거야, 너랑 똑같이 되어보지 않고서 내가 어떻게 네 심정을 알겠니…… 위로랍시고 내게 늘 이런 똑같은 말을 되풀이하던 경표 언니. 입안이 텁텁할 때 건네는 껌처럼 경표 언니의 그 '똑같이 되어보지 않고'라는 지론을 나는 거절하지 못하고 고맙게도 받아서 질겅질겅 씹어야만 했다.

똑같지는 않지만 살다보면 누구에게나 한 번쯤 통과해야 할 터널이나 출렁다리가 있는 법이라고, 비켜갈 수 없는 공평함에 대해서 역설했던 것은 언니 나름의 친절한 화법이었으리라. 그런 다리를 건너 갈 때는 눈 딱 감고 절대 뒤돌아보지 말라는, 언니의 간곡한 조언이었을 것이다. 너, 그거 아니? 돌아선 여자의 마음보다 돌아선 남자의 마음을 붙잡는 것이 더 어려운 법이다…….

아침마다 경표 언니가 검은 비닐 커버의 결제판을 두 손으로 공손히 받쳐 들고 회장님 방에서 물러 나오면 S사의 하루 일과가 시작되었다. 박 부장을 위시한 남자 직원들은 경표 언니가 회장님 방에서 나오기를 기다렸다가 하루 치의 경비와 주유권, 물품대금인 약속어음 등을 받아 쥐고 거래처로 나갔다. 나도 언니가 회장님 방문을 밀고 나오면 재빠르게 건물 옥상으로 올라가고는 했다.
옥상 한구석에는 작은 창고 같은 가건물이 있었다. 건물을 관리하는 박 영감의 거처인 그곳에는 S사의 김 기사도 늘 죽치고 앉아 있었다. 회장의 개인 운전기사인 그는 그 안에서 손톱을 깎거나 스포츠 신문을 보고 있다가 층계를 울리며 올라오는 내 샌들 슬리퍼 소리가 들리면 회장의 자동차 키를 챙기며 가볍게 한 번 인상을 찡그렸다 펴고는 했을 것이다. 내가 김 기사를 대기시키고 사무실로 돌아오면 경표 언니는 각종 은행통장과 공과금 납부서 등을 챙겨들고 내게 지시를 내렸다.

"오늘, 기업은행 상환이거든. 이건, 회장님 개인통장인데 여기서 법인통장으로 바로 입금시키는 거야. 나머지는 현금으로 찾아오고. 그리고 이 서류는 대부계 이 대리한테 갖다 주면 되는 거야."

그곳 S사에서 회장님의 그랜저를 탈 수 있는 사원은 김 기사 말고는 경표 언니와 나뿐이었다. 내가 회장님의 그랜저를 타는 것은 어디까지나 경표 언니 대신이었기 때문에 내가 S사에서 특별한 대우를 받은 것은 아니었다.

회장님이란 노인은 자수성가한 인물의 한 전형답게 적당히 권위적이고 비상식적인 일면도 있었지만 어느 정도 성공한 사람으로서의 호기 같은 것을 부릴 줄 아는 감상적인 면도 있었다. 비록 시장골목의 고깃집이기는 했지만 사흘이 멀다 할 정도로 잦은 회식자리에 거래처 사장들까지 불러대고는 했다. 회장 밑의 사장은 어디에 있는가. 이게 내가 S사에 입사해서 제일 궁금한 점이었다. 언젠가 회장의 둘째 아들이라는 젊은 남자가 회사에 온 적이 있었는데 그 사람이 바로 S사를 물려받을 미래의 사장이라고 해서 내 의문점은 풀렸지만, 그는 저녁 시간 이후에 시장골목의 고깃집 골방 한 칸을 차지하고 앉아서 거래처 사장들과 고스톱이나 치는 일 따위에는 절대로 인색할 것 같은 만년 고시생 같은 분위기였다. 어쨌든 나는 S사가 내 꿈이나 이상실현을 위해서 몸 바쳐 일할 만한 곳이 아니라고 점쳤기 때문에 그저 경표 언니의 충직한 부하직원으로만 머물고자 했다.

그때 내게 새로운 꿈 같은 것이 있기나 했던가. 칠 년 가까이 사귀던 남자와 헤어진 직후의 여자에게 남겨진 것은 누구의 여자였었다는 과거형의 존재감뿐이었다. 새로운 남자를 사귀기에는 별로 쿨하지도 않은 서른을 넘긴 나이에 붙박이 장롱처럼 고착됐던 남자 K가 내게서 떨어져 나갔다. 나는 K라는 남자와 결혼하는 것 외에는 꿈이나 희망 같은 것을 별도로 가져본 적이 없었다.

마흔 살까지는 절대로 살아있지 않을 거예요…… 나의 이십 대는 무지, 어떤 무늬도 없었다. 여자들은 왜 그렇게 단편적인 꿈을 꾸죠? 총체적인 꿈을 꿔바요. 그저 막연할 뿐인 내 마흔 너머의 삶에 윤곽을 그려준 K의 친절함도 사실은 어리석은 여자 앞에서 부린 허세였을 것이다. 낭만하고도 칙칙한 젊음, 크로노스의 엄청난 시간의 패를 쥐었지만 이십 대의 봉인된 삶 앞에서는 혈기방장한 그도 불안하기는 마찬가지였을 터. 분신처럼 사랑할 거야…… 동종 곤충의 날개에 새겨진 그물망을 발견하고 덜컥 혼인비행을 약속했던 것이다.

나는 칠 년쯤이나 동굴에 유폐돼 있었는지도 모른다. 바깥세상은 모두 불가해할 뿐이었다. S사에서 사흘들이 벌어지는 회식으로 인해 육질의 미각에 익숙해진 내 세 치 혀는 발음기능을 점점 상실해가는 듯했다. 경표 언니 앞에서 나는 늘 업무적인 짧은 견해만 말해야 했다. 언니 앞에서 내 모든 언급은 모두 과불급의 비분강개이거나 설익은 응석에 불과했다.

"현아, 니는 아무것도 아니다. 내 짐 보따리에 비하면 얼마나 가볍노? 딸린 새끼가 있나, 먹여 살려야 할 서방이 있나, 뭐가 걸릴 게 있는데? 니는 책도 많이 읽어서 아는 것도 많지, 아직 젊기도 하지, 또 호적도 깨끗하지. 현아, 니는 다 살게 돼 있다. 니, 내가 어떻게 살아 온 줄 아나. 니도 알제? 알제?"

경표 언니는 술만 마시면 내게 주정 반 투정 반 자신의 신세타령을 해댔다. 언니는 내 초등학교 선배일 뿐이었다. 그런데도 언니는 툭하면 니도 알제, 알제? 하며 자신의 과거사를 확인시키려 들었다. 사람의 과거란 알고 보면 대개가 티브이 드라마 속의 에피소드처럼 몇 가지 유사 패턴의 전형이 있을 뿐이다. 경표 언니네 엄마가 첫 번째 부인이 아니라는 소문이 동네에 떠돌았었다. 드라마나 소설 속의 가계보다 복잡할 것도 없는 사연을 가지고 언니는 언제까지나 재탕 삼탕을 끓여낼 것인가. 언니의 드라마는 긴 연휴에 편성된 리바이벌 티브이 프로그램처럼 나를 맥빠지게 했다.

아침마다 경표 언니가 회장님 방에서 검정 비닐 케이스의 결제 서류철을 들고 나오기를 기다렸다가 옥상으로 올라가는 일도, 그리고 의도적으로 내 샌들 슬리퍼를 계단바닥에 대고 질질 끌며 마찰음을 내야 하는 짓도 점점 지겨워지기 시작했다. 매일 아침 김 기사가 운전하는 그랜저를 타고 거래은행에 가서 일을 보고 다시 김 기사의 호위를 받으며 사무실로 돌아와야 하는 일은 더욱 견디기가 힘들었다.

월급날엔 켄터키라도 한 마리 있어야지. 김 기사는 말단 신입사원인 내게 회장의 그랜저 자동차가 허락되는 것이 마치 자신의 공이라도 되는 것처럼 거들먹거리려 들었다. '켄터키 치킨'이라는 시장 골목 안쪽 깊숙한 곳에 위치한 닭 튀김집 여자에게 드나들었던 그에게서 늘 닭 비린내가 풍겼다. 그는 온종일 박 영감의 거처인 작은 창고 안에서 텔레비전을 보다가 간이의자에 앉은 채로 병든 닭처럼 꾸덕꾸덕 낮잠을 자기도 했다. 저런 인간에게 한 달 치 월급을 다 주다니. 경표 언니는 김 기사가 자신의 알토란 같은 재산을 축내기라도 한다는 듯 그를 몹시 못마땅해 했다.

노인네가 참, 복도 많지, 회사에도 저렇게 알뜰한 와이프가 있으니…… 김 기사 그가 흘렸던 경표 언니와 회장 노인의 관계에 대한 추론들. 그에게서 누리퀴퀴하게 풍기는 닭 냄새만큼이나 내 속이 뒤집히고는 했다. 나는 옥상으로 올라갈 때마다 헛구역질을 하며 무슨 결투장으로 나가는 것처럼 마음속으로 전의를 가다듬기도 했다. 자신을 부르러 올라오는 내 샌들 슬리퍼 소리가 어쩌면 김 기사 그에게도 어떤 대결의 신호음쯤으로 들렸었는지도 모른다. 하부조직일수록 이유도 뚜렷치 않은 저급한 반목이 있기 마련이었다.

하여튼 걔는, 여직원이라고 하나 있는 게, 도움이 안 돼, 아무리 여자라지만 그렇게 조직의 생리를 몰라서야, 원…… K도 자신의 회사 부서의 동료 여직원에 대해서 성토를 하고는 했다. 지나 나나

빽 없으면 실적이라도 좋아야 할 것 아냐, 걔 데리고 일 하느니 차라리 나 혼자 뛰는 게 백 번 낫지. 걔 정말 미래에 대한 비전이라고는 손톱만큼도 없는 인간 같아…… K는 가끔 연인인 내 앞에서 자신의 업무과중으로 인한 스트레스를 신경질적으로 노출시키기도 했다. 그게 바로 나에 대한 간접적인 불만의 표출이라는 걸 그때 나는 알아차려야 했었다. 그가 동료 여직원에게 적대감을 느끼고, 연인인 내게도 자격지심의 과다노출을 터뜨리는 건 아마도 전망 없는 자신에 대한 혐오 때문일 것이라고만 이해했던 나는 그때 꿈만 꾸는 여자였다. 그 꿈이라는 게 그와 결혼하는 것, 바로 거기까지 뿐이었다. 다니던 직장인 종로에 있던 서점이 부도가 나서 실업자 상태였던 나는 정말 그때 비전이라고는 손톱만큼도 없는 한심한 여자애였다.

녹천에는 현자들이 많이 살고 있는가. 녹천역에는 유난히 작은 액자들이 많이 걸려 있다. 고대 희랍시대의 철학자나 시인들은 거리에서 직설로 시민들을 계도했다던데, 오늘날의 우리네 철학자나 종교가들은 모두 벽 속에 숨어 있는 모양이다. 액자 속에는 탕약 같은 경구들로 가득 차 있다. 나는 천천히 따라 걸으며 그 탕약의 맛을 다 시음해 본다. 경구들은 대개가 불경이나 노자, 장자 편의 고답한 문장에서 발췌한 것들이다. 이 밤에 나만 홀로 그 고준한 문구들을 읽고 있다. 현자들은 왜 모르는 걸까. 사람들은 비타

민 알약같이 간편한 당의정은 먹을지언정 몸이 웬만큼 망가지기 전에는 탕약같이 입에 쓴 것들을 잘 먹지 않는다는 사실을.

'아버지와 아들이 사람이 많이 모이는 식당에 갔다. 그 식당에서는 웨이터가 반드시 손님 앞에 무릎을 꿇고 앉아 주문을 받는다. 그 광경을 보고 아버지가 당황하자 아들은 여기서는 늘 이래요, 라고 당연하다는 듯 말했다……' 누군가를 섬기는 일은 반드시 확실한 결과를 낳는다는 봉사정신과 헌신에 대한 비유이다. 식당에 손님이 많이 모이는 데는 다 이유가 있다, 라고 결론이 내려져 있다. 목사이며 저술가인 사람의 이름이 밝혀져 있고 그 밑에 선교협의회라고 단체명도 있다. 나도 이 이야기 속의 아버지처럼 내 앞에서 누가 무릎을 꿇는다면 당황스러울 것이다. 누군가에게 무릎을 꿇는다는 것은 용서나 굴종의 의미였다.

나도 한때는 K가 와서 무릎을 꿇기를 바랐던가. 하지만 누가 당장 내 앞에서 무릎을 꿇는다면 나는 뒷걸음질 쳐서 달아나고 말 것이다. 그 사람이 내게 아무리 몹쓸 짓을 했다 한들 나는 그런 참상을 견디지 못할 것이다. 그러나 나는 한때 K를 찾아가서 무릎을 꿇고 애원하며 매달려볼까도 생각했었다.

'우주에는 뚜껑이 없다. 우주에는 칸막이가 없고 구름의 길에는 가드레일이 없다. 관념의 뚜껑을 열고 우리도 넓은 세상을 보자.' 관념의 뚜껑을 열라고 외치고 있지만 정작 이 글 속에는 관념뿐이다. '손님에게 무릎 꿇기'처럼 구체적인 비유를 제시하지 못한다면 이야말로 공소한 언어의 유희가 아닌가. 사람은 모름지기 무릎을 꿇을 줄 알아야 한다, 무릎을! 이라고 딱 부러지게 왜 권고하지 못하는가.

"회식 끝에 싸움이 벌어졌었지. 민경표가 내게 맞장을 뜨자는 식으로 나오는데 참을 수가 없더군. 하마터면 내가 그 여자에게 폭력을 쓸 뻔했지. 그때 회장님이 내게 어떻게 한 줄 알아? 무릎을 꿇으라는 거야, 나 보고. 여직원 앞에서 부장인 나를 그렇게까지 쪽팔리게 만들어야 했어?" 박 부장은 자신이 무고하게 압슬(壓膝)형을 받은 중죄인이었다는 듯 적개심을 토해냈었다.

회장의 심부름으로 은행에 다녀왔었다. 반쯤 문이 열려 있는 회장님의 방으로 노크 없이 들어서던 나는 그만 주춤하고 말았다. 경표 언니가 회장님에게 결재를 맡고 있는 중인 것 같았다. 그런데 결재를 맡고 있는 언니의 자세가 어딘지 부자연스레 보였다. 회장님 역시 자신의 책상에 정자세로 앉아서 결재를 하는 게 아니라 소파에서 다탁을 향해 등을 구부리고 앉아 결재판을 들여다보고 있었다. 회장님 옆에 거의 무릎을 꿇다시피 쪼그리고 앉아 있는 언니의 짧은 검정 스커트 아래로 맨살의 허벅지가 허옇게 빛나고 있었다. 당황스럽기는 언니도 마찬가지였을 것이다. 벌떡 일어선 언니가 회장님의 책상 앞으로 가서 무언가를 집어왔다. 그것은 회장의 돋보기였다. 회장은 언니에게서 그것을 받아서 썼다. 헐렁한 돋보기 너머로 나를 올려다보는 늙은 회장의 눈은 혼탁한 각막에 실핏줄이 벌겋게 번져 있었다. 나는 두 손을 받쳐 공손한 태도로 회장님 앞에다 통장과 돈이 든 봉투를 놓고 다시 지극하게 공손한 몸짓으로 뒷걸음질 쳐서 물러나왔다.

그날 이후로 경표 언니는 내 외출 시간을 체크하지 않았다. 내 외출 시간은 점점 늘어졌다. 일부러 버스와 전철을 놓쳐가며 거리에서 해찰을 했으며 은행 일을 보러가서는 김 기사를 먼저 들어가게 하고 여성잡지를 거의 다 보고 나오기도 했다. 내가 외출에서 돌아오면 꼭 십오 분쯤이나 이십오 분쯤 늦었다고 집어내곤 하던 언니의 시간 강박증은 사라진 듯 했다. 대신 언니는 내게 경계강화 훈련 같은 것을 시키려 들었다.

"현아, 너, 박 부장하고 계속 차 같이 타고 다닐 거니? 조심해라."

"언니도 참, 내가 박 부장님한테 유괴라도 당할까봐서 그러세요?"

"너, 그렇게 세상물정 다 아는 애가 왜 한 남자한테만 목을 매다시피 하고 그러니?"

언니는 그 이후로 좀 심하다 싶게 내가 K와 헤어진 사실을 두고 걸고넘어지고는 했다. 나는 박 부장과 집이 같은 방향이어서 퇴근길에 가끔씩 그의 차를 얻어 타고는 했다.

"저기, 저 아가씨, 치마 좀 봐. 저게 옷이야?"

박 부장이 가리킨 차창 밖의 여자애는 대학교 초년생쯤으로 보였다.

 "부장님은 왜 그렇게 여자들 치마에 민감하세요? 저, 부장님 때문에 치마 못 입고 다니는 거 아세요?"

 "왜 나 때문에 현희 씨가 치마를 못 입어? 현희 씨도 언니처럼 치마 좀 입고 다녀봐. 언니하고 쌍벽을 이뤄보란 말이야. 언니보다 다리가 미워? 현희 씨가 치마 입고 다니면 내가 스타킹은 얼마든지 사줄 테니까 제발 치마 좀 입고 다니셔."

 "정말 부장님이 스타킹 사 주실 거예요?"

 스타킹을 사주겠다는 박 부장의 농담 속에는 내게 모종의 모의를 제의하는 의표가 들어 있는 것 같았다. 그가 그토록 읊어대던 치마타령. 여자들은 치마를 입으니까 얼마나 좋아, 여름에 다리에 땀도 안 나고…… 아마 박 부장 그는 사타구니라고 차마 말할 수 없어서 다리라고 했을 것이다. 그는 자신이 치마를 입을 수 있는 여자가 아니라는 명백한 사실 때문에 피해망상의 병적 징후를 나타내고는 했다.

 난, 아무리 무릎을 꿇어 봐도 치마를 안 입었잖아…… S사에서 보낸 내 한여름의 기억은 온통 박 부장의 치마타령뿐이었다.

 너도 알다시피 민우 아빠는 무늬만 가장이잖니. 친정어머니 병원비와 약값, 한 오륙 년 대고 나니까 월세도 내기 힘들었는데, 내 사정을 아시고는 회장님이 내게 얼마간의 돈을 맡기면서 어음 깡을 해보라고 권하시더라…… 박 부장의 치마 콤플렉스는 바로 그

어음 깡에서 비롯되었다.

　S사의 거래처들은 대부분 S사가 지급한 어음의 약속일까지 기다릴 수 있을 만큼 충분한 자금력을 갖지 못한 영세기업들이었다. 그들은 은행에서 어음을 미리 할인받을 수 있을 만큼의 실적이나 신용을 쌓지 못했기 때문에 고금리의 이자를 지불하는 사채할인을 이용할 수밖에 없었다. S사에서 받은 어음을 S사의 경리창구 그 자리에서 바로 할인해서 써야 하는 그들이야말로 S사에 종속된 가솔들과 같은 존재들이었다. 어음 깡이라는 어음 사채할인은 은행금리의 서너 배, 심지어는 대여섯 배나 되는 높은 이자를 미리 떼어 주어야만 했다. 급한 현금을 만져야 하는 영세업자들에게 그것은 필요악이었다. S사는 거래처에게 높은 선이자를 받아가며 물품대를 지불하는 이상한 거래를 하고 있었던 것이다. 경표 언니는 이런 비자금 조성 과정에서 상당한 수혜를 누리고 있었다.

　내가 시팔, 발바닥에 불나게 뛰어다니면서 매출 올리면 뭐하냐고? 재주는 어떤 놈이 넘고, 돈은 어떤 놈이 다 챙기는데…… 매출 실적이 저조하다고 아침회의 때 회장에게 지적이라도 받으면 영업 담당인 박 부장은 울분을 참지 못해 씩씩거리면서 사무실 문을 박차고 나가 버렸다.

　전동차가 전 역인 월계역을 통과했다는 전광판의 글자표시가 깜박거린다. 나는 마지막 남은 탕약까지 모조리 마셔본다. '통자

세상에 태어나서 통 속 같은 세상을 살다보니 어느새 생각조차 통 조림이 된다. 우리는 모두 통 속에 살다가 통 속 같은 관으로 들어간다.' 「현대인의 삶의 궤적」이라는 제목의 글귀이다. '삶의 궤적' 이라는 것도 결국 죽음으로 가는 행로가 아닌가.

　내게 회장 노인이 죽었다는 소식을 전해준 사람은 박 부장이었다. 박 부장은 경표 언니도 그만두었으니 내게 S사로 다시 오지 않겠냐는 제의를 해왔지만, 그보다는 박 부장 자신의 시대가 도래했음을 알리는 자축의 메시지였던 것이다. 회장의 둘째 아들이 사장으로 취임했으며 자신은 전무로 승진했다는 소식도 들려주었다. S사의 비자금 장부를 관리하고 있던 경표 언니는 법적인 절차에 따라 모든 책임을 뒤집어쓰고 해고되었을 것이다. 회장 노인이 죽어 버린 마당에 S사에서 경표 언니를 구해줄 사람은 아무도 없었을 것이다.

　박 부장, 그 인간이 나를 쫓아내려고 별별 계책을 다 꾸몄지만 회장님이 다 막아 주셨다. 한 번은 박 부장하고 내가 회식자리 끝에 싸움이 붙었는데 민우 아빠, 그 사람, 그때 어떤 줄 아니? 제 마누라가 봉변당하고 있다고 전화했는데도 집에 누워서 꼼짝도 안하는 거 있지. 남편이란 사람조차도 나를 지켜주지 못하니까 정말 서럽더라. 나, 회장님 아니었으면 박 부장 등쌀에 벌써 그만두었을 거야.

　그때 경표 언니 눈에 어리던 물그림자, 나는 그전에도 한 번 언니의 눈가에 번지던 물그림자를 본 적이 있었다. 몸이 불편한 남자를 사귀게 되었는데 결혼은 아니다 싶어 매몰차게 돌아서야만 했었다. 그러나 그 불편한 다리로 북한산을 오르던 남자, 이 사람을 정말 버려야 하는가, 내가 얼마나 괴로웠는지 아니? 라고 말할 때 촉촉한 물그림자가 어리던 언니의 눈은 사슴의 눈처럼 순하고 맑았다.

내가 근무하고 있던 종로의 서점에 언니가 책을 사러 오는 바람에 우리는 우연히 만나게 되었다. 그 뒤로도 언니는 서너 번쯤 더 들려서 시집들과 요리책들을 사갔었다. 북한산 자락 아랫동네에다 표구점을 개업한 그 남자와 곧 결혼할 것이라고 했다.

언니는 몰랐을 것이다. 내가 K와 헤어진 후, 언니네 회사 앞을 몇 번이고 지나갔었다는 것을. 우연인 것처럼 가장을 했지만 사실은 언니가 몹시 보고 싶어서 수유시장 입구의 우중충한 건물들의 벽면을 내 눈물어린 눈으로 더듬어 S사의 간판을 겨우 찾아냈다는 사실을. 전당포며 당구장, 중국집 상호들이 오종종하게 박힌 칙칙한 콘크리트 벽면에서 S사의 다갈색 나무 입간판을 발견하고 용기 있게 문을 밀고 들어갈 수 있었던 것도 그때 내게 강하게 각인된 언니의 눈에 번지던 그 물그림자 때문이었다는 것을 몰랐을 것이다. 신체가 성한 만큼 마음의 평안까지 균등하지 못한 남자 K를 그냥 받아들일 수 있었던 것도 그때 서점에 들러서 언니가 내게 보여주고 간 사슴의 눈망울, 언니의 눈가를 촉촉하게 적시던 그 물그림자 때문이었다는 것을 알기나 했을까.

　박 부장, 박 전무는 그 뒤로도 가끔씩 S사의 소식을 전해주고는 했다. 이천공장 옆 부지에다 새로 건물을 지어서 수유리에 있는 서울사무소를 옮기려고 계획하고 있으며 인건비와 자재 값이 너무 뛰어서 하청업체 사장들과 줄다리기를 해야 한다는 등의 경영노선에 관한 것에서부터 새로 온 사장이 자신을 무척 신뢰하며 의지하고 있다는 자기 과시조의 토막 뉴스들이었다.
　박 부장 저 인간. 지가 여기 아니면 갈 데가 어디 있다고, 배은망덕도 유분수지. 왜 저리 기고만장인지 몰라…… 박 부장을 성토하는 경표 언니의 눈빛은 사금파리같이 번뜩였었다. 견원지간이 따로 없었다. 나는 어질머리를 앓고 자주 결근을 했다. 회사가 무슨 동물농장이에요? 밤늦도록 늘어지는 언니의 하소연을 나는 뚝 자르고야 말았다. 야근수당처럼 언니가 택시 안으로 던져주는 지폐를 챙기며 나는 그때, 내일이 미리 불안했었다.
　박 부장의 자동차는 최신형의 중형차로 바뀌었고, 자신보다 나이 어린 새 사장이 매우 깍듯하고 예의가 바르다고 말할 때는 자신이 마치 사장의 상급자이기라도 한 듯 말투까지 호기로웠다. 현희 씨도 이젠 좋은 남자 만나야지, 라고 말할 때는 자신이 좋은 남자의 표본이라도 되는 듯 의기양양해졌다. 그러나 그는 끝내 경표 언니에 대한 이야기는 한 마디도 꺼내지 않았다. 나 역시도 경표 언니에 대한 소식을 애써 묻지 않았다.

어둑한 선로 안으로 전동차가 뿌연 빛을 발하며 들어서고 있다. 이번은 놓치지 말아야겠다. 깨죽이나 잣죽을 쑤려면 장을 봐야 할 텐데, 갑자기 마음이 바빠진다. 입맛을 완전히 잃어버린 박민자에게 당장 필요한 것은 책이나 화술교육원의 전화번호가 아닐 것이다.

내가 무슨 팔자예요, 친정어머니에다 남편까지, 병수발만 하다가 내 인생 종치겠어요. 박민자는 몹시 지쳐보였다. 그녀의 명함에 박힌 건강전도사라는 별칭이 무색하게도 그녀는 지금 간암 말기인 남편의 병세를 속수무책으로 지켜보아야만 한다.

나는 오늘 박민자에게 남편의 병세가 호전되기를 바란다는 덕담 같은 걸 차마 할 수가 없었다. 내 병문안이 몇 차례 더 계속될지, 며칠 후면 병실이 아닌 영안실로 가봐야 할지, 다 알 것도 같은데 확실한 건 아무것도 없었다. 예나 지금이나 그저 확실한 것은 내가 갈아타는 역은 언제나 창동역이라는 사실이다, 다시는 놓치지 말자. 박민자의 남편이 입원하고 있는 청량리의 G대학병원도 반드시 창동에서 전철을 갈아타야 하는 곳이다…… 나는 뇌 속의 기억장치들을 일깨워주려는 듯 체머리를 흔드는 노인처럼 도리질을 하며 전동차 안으로 몸을 다급하게 밀어 넣는다.

전동차 안은 헐렁한 통속같이 빈 좌석이 남아 있다. 나는 얼른 자리를 잡고 앉은 다음 재빨리 고개를 외로 꼬고 차창 밖을 한 번

내다보려고 시도했으나 열차가 곧바로 출발하는 바람에 그저 새까만 어둠만을 확인했을 뿐 아무것도 볼 수가 없었다. 퍼뜩 팔목의 시계를 들여다보았다.

경표 언니…… 어디선가 언니가 지금도 시계를 들여다보며 시간을 재고 있을 것이다.

너, 왜 자꾸 이러니?

언니, 나 많이 기다렸어요? 담당자가 자리에 없어서 많이 기다려야만 했어요. 사람들은 왜 그렇게 자기 자리들을 비우고 빨리 돌아오지 않는 걸까요? 모두 멈출 줄 모르는 구두를 꺼내 신고 어디로 가버린 것일까요……

나를 무연히 바라다보는 언니의 눈가에서 물기가 촉촉이 배어 나온다. 언니의 눈은 여전히 사슴의 눈처럼 맑고, 순하다.

훈훈한 전동차 안의 공기가 내 시린 발을 어루만져 준다. 녹천, 사슴의 냇가에서 이 밤, 나는 너무 오래도록 서성거렸나보다. 종종걸음을 치던 그 짧은 치마의 여자는 지금쯤 사슴을 만나고나 있을까. 늦은 밤, 어디선가 편안히 발을 씻는 사람들, 내일이 결코 불안하지 않기에 영원히 돌아올 줄 모르는 사람들…….

아네모네 피쉬

아네모네 피쉬

　　　　　카드 막아달라고, 네가 또 다급하게 전화했을 때 말이야, 난 그게 정말 로마에서 걸려온 국제공중전화인 줄은 몰랐잖니. 트레비 분수 앞이라고 해서 난 그게 잠실역 지하에 있는 L백화점 앞, 그 모형 트레비 분수인 줄로만 알았었잖니.

　무슨 전화니? 걔, 또 사고 냈니? 여자가 그렇게 통이 커서 어따 쓴다니…….
　어머니가 말참견해왔으나 그때 나는 그저 내 신용카드 사용한 도액만 따져보느라 골몰했었다.
　엄마, 세상 여자들이 그럼 다, 소금장수처럼 살아야 돼?
　내가 버럭 성깔이라도 냈더라면 나는 또 내 스스로 튕겨낸 장력에 의해서 저절로 초이의 계좌에다 이체를 시키고 마는 관성을 발휘했을 텐데, 반복적으로 재생되는 시디플레이어처럼 끝날 줄 모르는 어머니의 잔소리가 그날따라 무슨 경구라도 되는 듯 내 심신에 착 감겨왔다.

걘 생긴 것과 달리 왜 그리도 시난고난이라니. 하긴, 원래 그렇게 새치름하고 얌전스럽게 생긴 사람들한테 궁태가 따라붙긴 하더라만……

아, 엄마……

나는 그때, 일순 끓어오르려는 화기를 지그시 눌러꼈다. 대체로 단조롭게만 늙어서 심오함의 향취라고는 쥐오줌 냄새만큼도 풍기지 않는 범인들의 말이 현묘하게도 딱 들어맞을 때가 더러 있지 않던가. 그게 덕담이든 험담이든 내 어머니 같은 사람들의 말이 자력염불처럼 적중하는 힘을 가지고 있는 것도 같았다. 어머니는 초이가 자동차를 바꾸느라고 내게서 돈을 빌려간 사실을 알고 난 다음부터는 무슨 보이스 피싱이라도 되는 듯 그녀의 전화조차도 질색을 했다.

신용불량자가 되더라도 넌 그저 눈 딱 감고 있거라. 걔도 정신 좀 차려야 할 게 아니니. 그게 친굴 위한 거다……

어머니의 훈계는 교장선생님 못지않게 일장연설로 늘어졌다.

그때, 두 모녀가 적당한 엇각으로 마주 앉은 거실 안에는 오후의 햇살이 넉넉하게 퍼지고 있었고 베란다에 놓인 야자나무 화분에서는 오종종하게 자라난 노란 여귀버섯이 반쯤 열린 창밖으로 중발하는 습기를 안타까이 불러들이고 있었다. 어머니의 잔소리가 고즈넉한 사찰 입구의 매점에서 틀어놓은 반야심경 테이프처럼 무시무종으로 술술 풀어지는 동안 너는 지중해를 건너뛰어 가볍게 내게로 날아왔다가 갔을 것이다.

그래. 난, 늘 그렇게 가벼운 존재였었지. 쌀가마도 아닌데 내가 가볍다는 게 그렇게 타인에게 무거운 짐이 될 줄은 몰랐어. 참, 난센스였지, 내 존재라는 게. 내가 태어날 때조차도 사람들은 난센스 퀴즈를 풀듯 나를 기다렸었지. 얼마나 웃기는 답이 나올 건가, 하고 기다렸던 게 바로 나야. 참, 썰렁했었지. 사람들은 웃을 준비를 미처 하지 않은 게 다행이라는 듯 모두 침묵했지. 금방 식어버린 사골국물을 휘젓는 기분이었을 거야…….

벌써 한 세기 전에 발굴된 고분 벽화 속의 인물도처럼 여자의 윤곽은 흐릿했지만 나를 향한 시선 속에 원망이 깃들인 섬세한 눈매의 표정만은 확대되어 살아났다. 푸른 물가 저 건너편으로 점점이 사라지는 여자. 지중해 어느 바다 한가운데서 세이렌이 되어 헤매고 있는 것은 아닐까. 더는 세상의 누구도 유혹할 수가 없어서 바다의 요녀가 되어버린 여자. 낙담상혼에 빠져서 더 깊은 아랫세상으로 내려가야만 하는 너는 건널 수 없는 다리를 건너느라 내게 자꾸만 메시지를 보내는 걸까. 그렇다면 너는, 또 얼마간의 노잣돈이 필요한지도 모르겠다.

⚜

 어느 일요일에 죽어버리자. 그때 당신이 돌아온다 해도 나는 이미 살아 있지 않으리라.
 당신의 여인이여 무서워할 것은 없노라. 다시는 당신을 볼 수 없을지라도 나의 혼은 당신과 함께 있노라.
 다시 사랑하면서……
       — 전혜린, 「어느 일요일에 죽어버리자」에서

 초이의 영안실로 달려가면서 나는 비로소 그녀의 강력한 메시지들의 암호가 한꺼번에 풀리는 것을 깨달았다. 초이가 냉장고에 붙여둔 전혜린의 시. 신문이나 잡지에서 오려낸 레시피들 사이에서 단연코 권좌의 위치에 배석했던 「어느 일요일에 죽어버리자」는, 그렇다면 그건 그녀의 최후를 위한 만찬의 레시피였단 말인가.
 전혜린이 언제 적인데 여태도 코드 맞는 여자가 그렇게 없다니. 나는 그저 초이가 유행이 한참이나 지난 옷을 입고 있는 것 같아서 이젠 취향 좀 바꿔보라는 정도로 가벼이 넘기고 말았다. 초이네 집에 갈 때마다 여전히 붙어 있는 그 냉장고 시를 보면서 전혜린의 죽음이 암살된 미국의 어떤 대통령과 정말 연관이 있는 게 맞을까, 라며 나는 그저 한두 번 가십거리 정도의 관심만 보였을 뿐이다.

　혼자서 거의 상주노릇을 하고 있던 인애가 나를 와락 끌어안았다. 학교 동창들과 교회 친구들, 옛 직장 동료들과 거래처 사람들, 그리고 클럽 동호인들까지 무슨 자선파티에 온 것도 아닌데 인애가 내게 초이의 손님들을 일일이 소개해 주었다. 학교 때 절친했다던 친구들은 정기주주총회에 초대된 소액주주들같이 쭈뼛거렸고 오열을 터뜨리는 측들은 초이를 나중에 알고 지낸 사람들이었다.
　초이의 말년은 몹시 바빴다. 대략 오륙 개월 동안 나는 그녀의 코빼기조차도 볼 수가 없었다. 산악회부터 시작하여 인터넷을 통한 자동차여행자 클럽 같은 데까지 왕성하게 활동했던 터라 사회적인 명망이 대단한 저명인사 못지않게 문상객들은 부지기수였다. 그로써 그녀의 최후의 삶이 매우 다채로웠으며 집약적이었다는 사실이 방증된 셈이었다.
　자신의 죽음 앞에 모여 있는 사람들을 보고 초이는 지금 어떤 기분일까. 영정 속의 그녀가 이것 봐, 난센스 같지 않니? 하고 속삭이며 큭큭 웃는 것 같았다.
　케니는? 나도 인애의 귀에다 대고 속삭이듯 물었다. 글쎄, 케니가 올까? 인애는 역시나 케니에 대해서 회의적이었다.
　초이의 죽음을 통보받고 내가 제일 먼저 찾은 사람은 초이의 전남편 케니였다. 놀라지 말아요, 초이가, 초이가 죽었어요. 전화를 받은 케니는 사고였나요? 라고 담담하게 물었다. 아마 사고였겠지요, 곧 이태리에서 올 거예요. 케니에게 그렇게 대답하고 나니까 나는 그저 초이가 여행에서 곧 돌아올 것만 같이 기대가 되었다.

P는 아직 보이지 않았다. 내게 초이의 죽음을 제일 먼저 알려준 사람은 P였다. 초이 씨 친구 분 되시죠, 저, 초이 씨랑 같이 활동했던 스쿠버 친굽니다…… 딱 한 번 만났던 적이 있는 그의 목소리는 생소했고 그의 오리발이 먼저 연상되었다. 가운데쯤이 둘로 갈라진 기형화된 꼬리 같은 오리발을 신고 물속을 유영하는 그의 모습이 언뜻 괴기영화의 한 장면처럼 스쳐갔다.

그럼, 스쿠버 중에 그런 거예요? 내가 사고인 줄로 짐작하자 그는 모든 게 너무 복잡해서 한국으로 돌아가는데 아마 시간이 많이 걸릴 겁니다, 라고만 대답하며 싹둑 전화를 끊었다. 로마에서 초이가 내게 카드를 막아달라고 전화한 지 닷새쯤 뒤였다.

그러니까 초이는 닷새 가량을 더 혼신을 다해서 마지막 생을 살았던 것이다. 서른일곱 해 동안의 삶이 신용불량자로 낙인 찍혀 마감되는 치욕을 견딜 수 없었기에 그녀는 최후의 날까지 이국땅에서 전화기를 붙들고 카드회사 직원에게 애걸복걸하지 않았을까. 혹시 그녀는 차라리 전홧줄에 목이라도 확 감아버리고 싶지 않았을까.

초이의 주검은 열흘 가량이 지나서야 한국으로 들어올 수 있었다. 보험회사 측과 초이의 유족 간의 합의절차가 난항이었다. 무슨 빚보증을 서는 것도 아닌데 서류상의 유가족들이 초이와 다시

얽히는 걸 꺼려했다.

 ……별날 것도 없는 인생인데, 왜 그리 살았는지 몰라. 그러게요. 살고 나서 보면, 다 아무것도 아닌데 말이죠. 그나저나 본댁에서는 아직 아무도 안 왔나봐요…… 옆집이라고 해야 하나. 옆 칸의 빈소에는 문상객들이 없어서 조용했다. 나는 화장실에 갖다오다가 복도에 놓인 긴 의자에 잠시 앉았다.
 한 걸음에 달려 올 일도 아니잖아요, 쌓아둔 세월이 있는데, 그쪽 자식들이 뭐, 그리 애통하겠어요? 옆 자리의 중년여자들은 어느 만큼은 교양이 있는 듯 검은 투피스를 단정히 입었고 화장도 엷게 한 티가 났다. 모자란 사람이 세상에 왔다가 인간 노릇하느라고 얼마나 힘들었겠어요? 쯧쯧쯔쯔…… 혀를 차는 쪽은 더 나이 들어 보이는 여자였을 것이다.
 쯧쯧, 쯧쯧쯔쯔쯔…… 무슨 새소리 같기도 했다. 모자라는 사람이라니? 늘 적은 양의 모이를 쪼아대던 새처럼 가벼운 사람이었을까. 내가 갑자기 생목이 올라서 주먹으로 명치께를 두드리며 일어서자 두 여자들의 시선이 동시에 내게로 꽂혀왔다.

⚜

 현관의 도어키는 비밀번호를 입력해야 하는 번호키로 바뀌어 있었다. 내 키홀더에는 아직도 초이의 아파트 키가 같이 묶여있다. 여행으로 집을 자주 비우던 초이는 내게도 키를 하나 맡겼었다. 그러나 그녀의 아파트에는 지금 P가 살고 있다. 이태리 여행 동안 초이의 마지막을 함께 했던 그는 먼 항해에서 살아 돌아온 오디세우스처럼 당당했다. 초이의 아파트는 이제 완전히 P가 점령하고 말았다.

그때 내가 만일 초이의 카드를 막아줬더라면, 그날따라 무슨 성현의 말씀처럼 착 감겨드는 내 어머니의 잔소리만 아니었더라면 나는 아직도 초이의 카드빚을 대신 짊어지고 있겠지. 그랬더라면 나도 P와 함께 초이네 아파트 도어키의 비밀번호를 공유하고 있었을 텐데. 내가 초이를 위해서 사다준 크리스털 와인 잔이며 멜라민 냄비받침세트 같은 것들은 지금 P가 쓰고 있을 것이다. 그는 또 초이 어머니가 딸을 위해서 마련해준 값비싼 극세사 원단의 침대보가 덮여있는 침대에서 다른 여자와 섹스도 할 것이다. 그는 초이가 쓰던 냉장고도 그대로 쓰고 있을까.

'당신이 돌아온다 해도 나는 이미 살아있지 않으리라······당신의 눈을 보기 위해 나의 눈은 멍하니 떠있을지도 모른다.' 그 냉장고 시(詩)는 지금 그대로 붙어 있을까.

전혜린은 정말 눈을 뜨고 죽었을까? 내가 초이한테 물었던 것 같다. 티브이 드라마를 보다가 어떤 여자 연기자를 가리키며 쟤가 그 A그룹 총수 아들과 스캔들 있었던 그 애야? 하는 것 같은 그저 그런 질문이었을 것이다. 내가 초이네 냉장고에서 생수나 맥주 캔을 꺼낼 때면 어쩔 수 없이 눈길이 스치는 그 시구를 대할 때마다 어느 일요일에 죽어버리지 않고 여전히 살아 있는 초이가 철 지난 화분 같다는 장난스런 생각이 들기도 했다.

"그 초이네 오빠라는 사람들 말이야, 하나같이 모르쇠야. 자신들하고는 아무런 상관이 없다는데, 무슨 진정서에 도장 받는 일도 아니고, 어찌해볼 도리가 없었어."

초이의 초등학교 동창으로, 가장 절친했던 인애마저도 자신의 어머니처럼 여기는 초이 어머니가 딸의 그 아파트에 대해서는 치외법권적일 수밖에 없다는 사실 앞에서는 속수무책이었다. 초이의 어머니가 진짜 초이의 엄마라는 사실을 호적상에서 찾을 수가 없었기 때문이었다.

"그렇다고 아파트 한 채를 그냥 포기해? 그래서 초이 어머니는?"

"법적으로는 완전 남남이야, 초이하고는."

"혼인신고는 안 돼 있지만 사실혼 관계, 뭐 그런 것도 있는데, 사실적인 모녀관계가 인정되는 거, 그런 건 없나?"

"문제는, 하도 복잡하니까 초이 어머니가 그냥 덮어버린 거지, 뭐."

초이가 태어남을 이미 난센스라고 상정한 후에 말도 안 되는 답을 기다리며 궁금해 했던 사람들이란 바로 그 오빠네 가족들이었던 것이다. 초이의 썰렁한 출생을 지켜봤던 그들은 초이의 썰렁한 죽음에도 아주 냉담하게 반응했다.

　케니와 끝낸 초이는 외모와 의상에 더 신경을 쓰고 더 잦은 모임을 만들면서 전에 없이 화려하고, 공적으로도 잘 나가는 것처럼 보였지만 혼자서 술을 마시는 횟수가 늘어났다. 케니와 함께했던 신혼집보다 더 넓은 아파트를 새로 장만하고 가구와 가전제품 등 살림살이들까지 일절 최신의 유명 메이커들로 채워놓고 자동차까지 바꾼 그녀에게 내가 진심으로 해줄 수 있는 것은 참, 능력 있는데, 라는 말뿐이었다. 그리고 그녀가 혼자서 술잔을 기울이다가 호출하면 쪼르르 달려가서 마른안주나 집어먹으며 시시대다가 밤늦게 택시를 타고 집으로 돌아오는 것이 그즈음 내가 그녀에게 베풀어준 호의였다. 가끔씩 그녀의 신용카드 결제일에 내 카드까지 동원해서 막아주기도 하면서, 초이가 P와 함께 살기 전까지는 우리들의 막역한 우정의 관계가 유지되었다.

　소금 간을 전혀 하지 않는 음식이 어찌 입맛에 당기겠어? 사람도 마찬가지야. 수행하는 도인이 아닌 다음에야 적당히 데치고 볶고, 끓이고 살아야 진짜 사람으로 사는 거 아니겠어…… 주방장 출신도 아닌데 인생을 요리에 비유하는 P의 첫인상은 깊은 바다 속을 유유히 헤엄치며 살아가는 심심한 어류족 같았다. 심심한 어류, 심해어들에겐 대단히 미안한 표현이지만.

초이네 집 거실에서 새벽 세시쯤까지 함께 술을 마시다가 초이와 P가 함께 안방으로 들어가고 나니까 갑자기 내가 초대받지 않은 손님이라는 자각이 들었다. 택시를 타고 집으로 돌아갈 수도 있었지만 나는 왠지 초이를 지켜야 할 것만 같았다. 스쿠버하는 작자들에게도 심해 속에서 지켜야 할 신사도라는 게 있을까. 초이가 입이 넙죽한 물고기 아이를 낳을 것만 같아 께름칙했다. 고용된 간병인처럼 졸다 깨다가를 반복하다가 눈을 떠보니 초이가 미역국을 끓이고 있었다. P의 생일이라고 했다. 생일빵치고는 그다지 격렬하지는 않았다.

수족관 차린 거야? 잘 키워봐. 어류학자도 아닌 내가 P를 해부하거나 포를 떠볼 수는 없었다. 이미 마지막 카드마저도 날려버린 초이에게 P는 임시변통으로 발급받은 대포카드였던 것이다. 돌려막기에도 역부족인 초이의 카드들을 그가 해결해 줄 수 있었다면 그가 고리대금업자든 조폭 나부랭이든 초이에게는 분명히 구세주였을 것이다.

아네모네 피쉬, 주홍빛 형광색을 내뿜으며 고혹적인 자태를 과시하는 그놈은 말미잘에 기생해서 산다고 했다. 초이는 P와 함께 바닷속에서 찍은 사진이라고, 내게 맘에 드는 게 있으면 가져도 된다고 했다. 나는 다른 물고기들과 떼 지어 가는 모습과 홀로 떠 있는 그 놈의 사진 두 장을 **빼냈다**.

성질은 순한 편이야, 얼마만큼 깊은 데서 살아, 멋져? 내가 호기심을 보이며 어린아이 같은 질문을 해대자 초이는 드디어 내가 스쿠버에 관심을 가지기 시작했다고 판단했는지 다음번 말레이시아 여행에 같이 가자고 했다. 시파단이라고, 세계 삼대 스쿠버다이빙 장소 중의 한 군데이며 거북이의 부화장으로도 유명한 섬이라고 했다.

뭐, 시파단, 그런 델 내가 왜 가니? 라며 나는 큭큭 웃었던 것 같다. 사실 바다는 내게 공포였다. 나는 원래 사주학적으로 흙의 기운이 많은 토성 체질이라 물과는 잘 맞지 않는다는 것을 초이가 알 리 없었다.

❖

"일본에서 오신 분인 줄로 알았어요."
"어머, 그거 어떻게 아셨어요? 일본에서 살다 왔거든요."
내가 서울의 인사동이나 경주, 부산 등지에서 스쳤던 일본여자들의 패션이 우리와는 다른 오밀조밀함으로 치장되었던 것이 상기되어서 그냥 넘겨짚은 것인데 그녀는 자신을 일본여자로 알아봐 준 내게 무척 호의적이었다.
"짝퉁이라도 명품 로고가 붙어야 하니, 어중간한 아이템으로는 프랜차이즈를 할 수가 없겠더라구요." 오랜 직장생활을 청산하고 패션사업에 뛰어들었으나 삼 년을 겨우 넘겨 엎어먹고 말았다는 초이의 사회적인 이력은 그녀를 더 진실되고 매력적인 여자로 빛나게 했다. 그녀 앞에서 새삼 나는 간이 벼룩이 간만큼도 못 되게 타고난 선천적인 불우의 신세를 천추의 한인 양 곱씹는 낭인일 뿐이었다. 사업이라는 게 무슨 뜨거운 국그릇이라도 되는 듯 "엎었어!"를 연발하는 그녀는 여행뿐만 아니라 모든 스포츠에도 능해서 다양한 도락으로 삶을 즐기는 자유주의자 같았다. 그녀야말로 우리 어머니 같은 사람이 아주 싫어하는 '통이 큰 여자'였다. 내가 인도의 델리 시내 뒷골목에서 지갑과 신용카드가 든 작은 배낭을 소매치기 당하고 여행을 포기하려고 했을 때 그녀는 내게 한 달 이상이나 남은 여행일정의 모든 경비를 선뜻 빌려주었다.

서른이 훨씬 넘은 나이에 오랫동안 사귀었던 남자와 오랫동안 다녔던 직장을 한꺼번에 잃고 오랫동안 실의에 빠져 있던 내가 어느 날 문득 각성의 실눈을 뜨고 보니 통장의 잔고보다 더 위태하게 남은 내 젊음이 그렇게 지리멸렬할 수가 없었다. 나는 출가는 못해도, 가출이라도 해야만 했다.

일찍이 고승 혜초를 배출해낸 불국토인의 후예답게 천축국으로 가는 길에서 내가 죽기라도 한다면 신실한 불자를 자처하는 내 어머니에게도 그다지 불효막심까지는 아닐 테지…… 매미허물처럼 말라비틀어진 자의식과 은행 잔고를 겨우 수습해서 떠난 인도여행에서 수중의 돈을 몽땅 잃어버리자 나는 남은 내 인생 전부를 잃은 듯 더욱 불운해진 자신을 한탄했다. 그때 내가 초이를 만난 것은 깊은 산 속에서 도끼를 잃어버린 나무꾼이 산신령을 만난 것만큼이나 다행스런 일이었다. 다른 사업을 구상 중에 잠시 짬을 내어서 여행하고 있다는 초이는 분명히 능력 있고 혼자서도 잘 나가는 골드미스였다.

"끝내려고 해. 케니를 보내주어야 해."

초이에게 남편이 있다는 사실은 여행에서 돌아온 후에야 들었다. 나는 케니가 한국남자가 아닌 줄로만 알았다. 케니든 케챱이든, 그가 그녀의 삶에서 질척이지 않기를 진심으로 바랐었다.

⚜

반년 만에 다시 만난 초이 어머니는 그새 호호백발 노파가 다되어 있었다.

"내가, 염색을 못 했어."

그이는 누운 채로 우리를 맞으며 흰머리를 쓸어 올렸다. 내가 초이 어머니를 처음 만난 건 초이의 장례식장에서였다. 그때 초이 어머니는 케니에게 여긴 뭐 하러 왔느냐며 외면을 했었다.

교회 사택 옆에 딸린 단칸 집은 비좁고 낡았지만 실내는 단출한 살림살이 때문인지 정갈해보였다. 허리가 아파서 꼼짝도 못하고 침대 위에 찜질팩을 깔고 누워있는 게 하루의 일과라는 초이 어머니는 교회 사람들이 돌봐줘서 살고 있다면서 신실한 전도사 한 사람이 있는데 결혼할 의향이 있냐고 내게 물었다. 나는, 저희 어머니가 절에 나가시잖아요, 라고 간략하게 거절해야 했다.

"그래도 우리 애는 면사포를 두 번씩이나 써봤는데, 한 번은 써봐야 할 것 아녀?"

초이 어머니는 결혼이 무슨 올림픽 경기라도 되는 듯 아직까지 노메달 상태인 나를 측은히 여기는 게 분명했다. 초이가 있었더라면 무척이나 곤혹스러워 했을 것이다. 초이가 전에도 자기 엄마와 전화통화를 하면서 갑자기 퉁명스럽게 돌변하고는 했던 기억들이 떠올랐다.

"장 서방이 그렇게만 안 했으면, 우리 애가 이렇게 되지는 않았을 텐데."

케니의 본명은 분명히 김성제, 김 서방이었다. 한때 당신의 사위였던 사람의 성조차도 혼동하는 초이 어머니, 혹시 치매 증세가 아닌가? 찻물을 끓이려고 주방으로 나간 인애가 어서 들어와야 이 난감한 사태가 수습이 될 터인데, 나는 작은 반닫이 위의 성경책 옆에 놓인 초이 사진을 건너다보면서 차라리 엄마를 얼른 모시고 가는 게 어떻겠냐고 운을 떼어봤다. 초이는 긍정도 부정도 하지 않는 예의 그 새침한 웃음만 띠었다.

"초이 어머니 말야, 병원에 가서 검사라도 받아야 되는 거 아냐? 초이가 무슨 면사포를 두 번씩이나 썼다고, 그러셔?"

"자기, 그거 정말 몰랐었구나. 초이가 케니 만나기 전에 결혼 한 번 했었어."

인애가 내게 확인시켜준 사실은 마치 초이가 죽기 전에 한 번 죽었던 경험이 있었다는 것처럼 뜬금없었다. 그렇다면 내가 알았던 여자 초이는 오독 투성이였다.

"드라마가 따로 없었어. 아니, 초이네 그 첫 번째 시어머니는 드라마보다 더 심했어. 초이가 임신한 걸 알고는……"

"첫 번째가 그럼, 장 서방이야? 장 서방인지, 장발장인지 그 남자는 어떻게 제 여자를 그렇게 만든다니."

친정어미를 혼수품으로 짊어지고 올지도 모르는 도적 같은 여자. 미리부터 철통 같은 방범시스템을 구축하는 명철한 집안의 아들답게 남자도 민첩히 그 여자를 데리고 해외지사로 자청해 나감으로써 자신 역시 유비무환의 정신이 꼬장꼬장하게 살아있는 가문의 후예임을 입증했을 테고. 그에 격노한 남자의 어머니는 극단의 조치를 취할 수밖에 없었겠지. 아들의 아이를 임신한 여자를 납치하다시피 병원으로 데려가 수술대 위에 올려놓고, 이런 게 바로 자승자박이라고 저승사자같이 썩은 웃음을 날렸겠지.

"그래, 인간들, 악마에게 영혼을 팔면 그렇게 막장이 되는 거야. 집안의 새끼 밴 짐승도 안 건드리는 법이잖아……"

나는 몸에서 피가 다 빠져나가는 것 같았다.

최난희라는 정식이름을 놔두고 '최'의 영어표기인 '초이choi'로 불리기를 원했던 여자. 제 몸 안의 골수와 신경조직들까지 송두리째 긁어내고 싶었을 테지만 그저 유사한 이름으로나 자신의 운을 바꿀 수밖에 없었겠지.

"그럼, 그게, 초이가 일본에서 살았다는 게, 그때였어? 초이가 그렇게 당할 때 초이네 가족들은 뭐하고 있었니?"

"가족이 누가 있어? 알다시피 호적에도 올라있지 않은 엄마밖에 더 있어?"

나는 초이에 대해서 너무 무지몽매했다. 티브이 드라마나 연극을 후반부부터 봤어도 지나간 앞부분을 다 유추해낼 수 있지 않았던가. 나는 무릎을 휘청 꺾으며 길가에 주저앉고 말았다. 택시도 들어오지 않는 골목에서 인애가 난감해했다.

"몹시 괴로워지거든 어느 일요일에 죽어 버리자……" 그것은 징후였다. 오랫동안 죽음을 준비하는 사람에게서는 어떤 식으로든지 자신의 죽음을 암시하는 일종의 예후현상이 나타난다는 것을 어느 책에선가 읽었지만, 그것은 산지식으로 활용하기에는 범상한 것이 아니었다. 아로마 테라피요법이나 마시다 남은 캔맥주 활용법 같은 생활 속의 지혜도 아닌 '죽음 알아맞추기' 같은 비의적인 생의 문제를 어떻게 내가 추리해낼 수가 있었을까. 나는 초이네 집에 갈 때마다 냉장고에서 과일이나 케익 조각, 생수와 캔맥주 따위를 내 것처럼 스스럼없이 꺼내먹었다. "당신의 여인이여, 무서워할 것은 없노라…… 당신을 보기 위해 나의 눈은 멍하니 떠 있을지라도……" 그 냉장고에 붙어있던 문장에서 스멀스멀 기어 나온 죽음의 입자가 바퀴벌레 알처럼 온 사방으로 퍼지고 있었는데도 나는 가끔 엄마표 김치나 밑반찬을 덜어다가 그 냉장고 안에다 채워주기만 했었다.

"케니는 그럼…… 그런 거, 알았었어?"

"케니도 초이도, 잠시 서로가 필요했던 거야. 나는 그들이 결혼까지 갈 줄은 몰랐지."

인애의 손아귀에 끌려서 골목을 빠져나온 내 몸은 다시 인애의 손아귀에 잡혀서 택시 안으로 구겨 넣어져야 했다.

⚜

"집안에 아직 못 떠난 영가(靈駕) 있지요? 누굽니까? 이름과 생시를 말씀해주세요."

백중이 다가오는 때쯤 어머니의 성화 때문에 내가 약간의 후원금을 금선사 통장으로 넣었더니 해원스님이 그걸 영가등 접수로 알았나보다. 저 세상으로 돌아간 이들의 극락왕생을 위해서 백중제를 지낸다는 안내문이 집으로 날아오자 어머니는 또 참지를 못했던 것이다.

"집안은 아니구요, 친구예요. 이름은 최난희예요."

나는 엉겁결에 초이를 들먹였다.

"본이 어디지요, 어디 최 씹니까?"

"글쎄요, 경주 최 씬가? 그건 다시 알아봐야겠는데요."

하지만, 교인인 초이 어머니에게 그런 사정을 다 말할 수는 없었다.

인애도 없이 나는 혼자 초이 어머니를 찾아갔다. 입구가 비슷한 비좁은 골목길을 몇 번이나 들락거리다가 겨우 십자가가 표시된 벽의 허물어진 틈을 비집고 들어갈 수가 있었다. 작년에 왔을 때 친동기간처럼 살갑게 대해 주었던 여자교인들은 한 사람도 보이지 않았다. 죽은 듯 누워있는 초이 어머니는 작년 가을에 왔을 때보다 더 심하게 몸이 마르고 귀까지 어두워 대화가 어려웠다. 다행히 내게 결혼을 권했던 그 전도사 얘기는 꺼내지 않았다.

나도 처음엔 말렸어. 그런데 우리 애가 그러더군. 엄마처럼 나도 애만 하나 낳겠다고. 우리 애도 각오했었어. 나도 우리 앨, 그랬었으니까. 여자가 지 새끼 하나 키우고 싶은 건 다 마찬가지잖아. 그래서 말릴 수가 없었어. 두 번이면 어떻고, 세 번이면 어떻겠냐, 그것도 다, 니 팔자 아니겠냐, 그래, 없는 것보다는 자식이라도 하나 있는 게 훨씬 낫다. 나도 니가 없었으면 어쩔 뻔 했냐, 그랬어. 이 세상에 왔다가 흔적이라도 남기고 가야지. 적선하는 셈치고 씨는 하나 떨궈놓고 가야지. 그래야, 그게 사람이지……

사람의 도리를 다한 그이, 딸을 먼저 보냈으니 어쩌면 세상의 할 일을 아주 깔끔하게 다 마친 셈인가. 한 남자를 사랑했으나 끝내 인정받지 못했고 자신이 낳은 딸마저 다른 여자의 명의로 출생을 기입해야 했던 여인. 딸이 자신의 삶을 답습하지 않기를 간절히 소원했을 테지. 자신은 한 번도 써보지 못한 면사포를 두 번씩이나 쓴 딸이 어쩌면 그이에게는 올림픽에서 금메달을 따온 국가대표 선수쯤이었을까.

…… 그냥 내가 필요할 때, 잠시잠깐 내 곁에 오면 돼. 그렇다고 화내지 마. 중국집이나 피자, 그런 건 절대 아니니까. 오래 갈 것도 아니잖아. 나의 전부는 아니지만, 일부도 아니야. 순수하게 그냥 좋아. 순수, 이게 어떤 건 줄 알아? 아무런 기대감도 없어. 끝까지 내 옆에 있어주면서 행복하게 해 주리라는, 아주 엄청난 판타지, 이런 걸 깨버리니까 정말 그렇게 좋을 수가 없어. 난 여태까지 남자란 여자를 최대한으로 만들어주는 존재라고 믿었거든. 얼마나 멍청했는지 몰라. 그걸 깨닫는데 이렇게 오래 걸리다니. 그냥 와주면 안 돼? 버튼 하나만 누르면 대단한 마력의 전원이 흘러오듯이, 내 컴퓨터를 열면 거기 온갖 것이 다 들어 있듯이. 그냥 건너가보는 거야. 운명, 그런 건 일주일이면 거덜나 버리는 초고속 시대에 우리는 살고 있잖아. 그런데 천년만년, 지고지순, 이런 게 당키나 하니? 난 지금의 네가 너무너무 좋아. 우리 사이엔 아무런 불순함도 의혹도 없어. 넌 지금 내 생의 최대치야. 이런 게

사랑이 아니고 뭐니……

초이의 일기 노트였다. K라는 이니셜은 없었지만 시기적으로 보아 아마도 케니를 만날 즈음 썼던 것 같았다. 케니 같은 진통제가 필요했을지도 모른다. 무성생식처럼 불어나는 그녀의 고통의 세포분열에 그 이상의 최음제라도 필요했을 것이다.

초이 어머니는 왜 내게 이걸 주었을까. 그이는 초이가 진정한 사랑을 찾았다고 믿었나. 그렇다면 왜 장례식장에서 케니를 외면했을까.

✣

곧 네 놈의 제삿날인 줄이나 알아라. 지금 내 손에는 그때 초이의 사진첩에서 빼낸 아네모네 피쉬 사진이 쥐어져 있다. 나는 이게 토마토 아네모네 피쉬라는 걸 인터넷에서 알았다. 토마토처럼 붉게 농익은 몸통이 방자하리만큼 탱글탱글하다. 고혹적인 자태로 꼬리를 흔들며 천하태평으로 떠 있는 놈의 아가미 언저리쯤에 둘러쳐진 둥근 흰 테가 꼭 흰 목수건을 걸친 것 같다. 단숨에 이 수건을 쥐어틀기만 하면 될 것이다.

아네모네 피쉬라? 말미잘을 바다의 아네모네라고 한다지. 이런 기생오라비 같은 놈들이 어디에나 꼭 있다니까. 그때 내가 사진

속의 그놈에게 괜한 적의를 드러내자 초이는 고슴도치 어미처럼 그것들을 두남두었다. 애들이 말이야, 말미잘한테 그냥 붙어만 사는 게 아니야. 애들도 제 새끼들을 지키려고 목숨을 걸잖아. 오해 없는 삶이 어디 있겠어…… 그때 초이는 기어코 입이 넙죽한 물고기 아이라도 낳겠다는 투였다.

그래, 오해 없는 삶이 없지는 않지. 그래도 이건 아니잖아. 그 아파트, 그건 초이의 전부였어. 실체였다구. 아니 그건 그냥 초이였어. 그건 너 같은 놈을 위한 바다의 말미잘이 아니라구. 너 그거 알아? 돌아갈 곳이 아주 없는 여자에게 그 아파트라는 게, 자기 소유의 집이라는 게 어떤 건지나 알아? 그래, 너같이 천성적으로 침입자 체질인 놈들이 그런 걸 알아서 뭣하겠어. 공생관계? 이 세상에 그런 이상적인 비즈니스는 없어. 그런 건 컴컴한 바다 밑에나 가서 알아보라구. 눈멀고 귀 먼 영혼들이 사는 심해 속에 내려가서 잘 해보라구.

초이야, 카드 같은 건 이제 막지 않아도 돼. 그냥 눈 딱 감고 건너가. 노잣돈, 그런 거, 네가 여태까지 세상에서 치룬 삯으로 충분해. 얼마든지 너는 그냥 건너가도 돼. 뒤돌아보지 말고 곧장 가란 말이야. 그런데 초이야, 엄마 때문에 발길이 안 떨어지니?

초이야, 지금 인애와 내가 변호사 만나고 있어. 옛날 네가 살았던 그 동네 사람들도 다 만나고 있어. 네가 엄마 딸이라는 걸, 엄마가 네 엄마라는 걸 증명만 하면 돼. 엄마의 고통으로 복제된 너,

어떻게 네가 엄마 딸이 아닐 수가 있니. 모든 걸 다 포기하고 너라는 고통만을 선택한 엄마, 그 엄마가 어떻게 네 엄마가 아닐 수가 있니?

"유자영가가 있지요. 어머니 뱃속에서 이 세상 빛을 받지 못하고 죽은 애기 혼령인데, 이제라도 잘 가라고 보내줘야 합니다."
 아기 모자와 턱받이를 사가지고 금선사로 오라는 해원스님의 전화를 다시 받았다.
 "태아인연 영가 극락왕생, 극락왕생, 아미타불 안내 받아 극락왕생, 극락왕생……" 해원스님이 발원문을 읽은 후에 불에 태웠다. 내가 사가지고 간 아기 모자와 턱받이도 함께 태웠다. 금선사 뒤곁의 화덕 속에서 아직 덜 여문 콩꼬투리처럼 그것들은 사르르 녹아 없어졌다. 내 눈에서도 사르르 눈물이 흘렀다. 다섯 달이 채 안 된, 초이가 지키지 못하고 놓쳐버린 그 아이는 엄마의 고통의 기억들을 읽지는 못했으리라.

 긴 머리채를 풀어헤친 여자가 바다 속을 헤엄쳐 다닌다. 여자의 긴 팔다리와 늘어진 옷자락도 바닷말처럼 흔들린다. 샤갈의 그림 속에 나오는 여인들같이 자유자재로 부유하는, 물빛이 반사된 푸른 광채의 후광이 드리워진 네 모습, 눈이 부신다. 너를 따라서 헤엄치던 핑크색 물고기 한 마리가 네 품속으로 쏙 들어간다.

여자가 평생에서 제일 예쁠 때는 첫 아이를 낳았을 때란다, 너는 언제…… 카세트테이프처럼 늘어지는 내 어머니의 잔소리가 때로는 현묘한 진리의 말씀 같다고 나는 꿈속에서도 빙긋 웃는다.

✤

난생 처음 바다에 갔을 때 엄마가 나를 바닷물 속에 집어 처넣고 혼자만 돌아갈 것 같아서 공포에 떨었다. 엄마의 치맛자락을 움켜쥐고 징징거리는 나 때문에 엄마의 여행은 엉망이 되어버렸다. 밤새도록 울던 엄마가 첫 버스를 타고 여행에 나섰으리라. 첫 아이를 낳고도 숨어 살아야만 했던 엄마. 어쩌면 그게 엄마의 첫 여행이었으리라. 밤도적 같은 남정네에게 홀려서 경황이 없었던 밀월여행 이후로는.

꼭 함께 다시 가자했던 철석같은 믿음의 여행 같은 것이 거짓이었음을 깨닫고 모래에 써놓은 이름을 아주 묻어버리기 위해서 떠났던 여행…… 만일 어머니의 자서전을 대필하게 된다면 나는 꼭 이런 구절을 집어넣으리라.

엄마, 엄마는 나를 어떻게 혼자 키웠어요? 나를 갖다버릴 수도 있었잖아.

어떻게 키우긴, 여름엔 대광주리에 넣어 밭고랑에 뉘여 키웠고

겨울엔 꽁꽁 싸매서 가랑이 사이에 넣고 다니면서 키웠지. 어디다 갖다 맡길까도 했었지. 그때 그랬더라면 영영 우리 딸 못 봤을지도 모르지. 못 보고 사는 게 얼마나 괴로운지…….

엄마, 못 보고 사는 게 그렇게 고통인 줄 알면서, 왜 나는 못 보게 하는 거야? 동자승이라도 만들었어? 대체 어느 절이야…… 엄마와 엄마의 엄마가 관음전 뒤켠에서 수런거리는 소리가 들린다. 어린 처녀였던 엄마의 복숭아꽃빛 치맛자락이 바람에 펄럭이는 틈을 타서 내가 그 안으로 냉큼 들어섰다. 작은 새의 깃털보다도 훨씬 가벼웠던 내가 깃들일 곳을 찾지 못해 여기저기 떠돌아다니던 때였었다.

엄마, 쌀 대접 위에 새 발자국을 새기고 떠난 사람, 그게 누구야? 움도 싹도 없는 듯이 다 잊어라. 무슨 법으로, 어디 가서, 구하겠니? 풀잎 끝에 이슬이다……

졸음에 겨운 어머니의 일장연설이 닳고 닳은 반야심경 테이프처럼 또 슬슬 풀어진다. 파고가 거의 없는 잔잔한 물결음에 수초에 감긴 내 몸이 비로소 편안해진다.

엄마, 우리 집에 언제 가? 엄마와 엄마의 엄마가 주인집 마루 끝에 겨우 걸터앉아 숟가락 하나로 더운 국밥을 번갈아 떠먹고 있다. 엄마, 이제 여기가 우리 집이야? 촘촘하고 기름진 늪 같았던 어머니의 자호(子壺) 속으로 너는 다시 미끄러져 들어간다.

돛배가 오는 시간

돛배가 오는 시간

너는 주우거 만첩 청산의 고드름 되거라, 나 아는 주, 죽어서 아이, 가이가, 봄바람 될거나……

여자는 튀김용 나무젓가락 한 짝을 들고 식탁 모서리를 탁탁 치면서 지난주에 배운 함양 양잠가를 흥얼거리고 있다.

튀김 요리를 할 때나 쓰던 굵고 둥글한 이 긴 젓가락을 용케도 여태 버리지 않고 있다니, 당분간 튀김이나 지짐 같은 음식 따위를 해먹을 일이 있기나 할까. 여자는 계속 아이~ 가이가~ 목에 걸린 가시를 뱉어내듯 목청을 돋운다. 제대로 훈련도 안 된 생목을 쓰자니 여자의 목에서 쾍, 쾍 바튼 기침만 쏟아진다. 여자는 튀김 젓가락을 허공으로 휘두르며 춤사위도 그려본다. 얼씨구~ 누구 것인지 불분명한 추임새가 간간히 섞여 나온다. 귀에서 엠피쓰리의 이어폰을 빼내고 아이~ 가이가~ 발악을 하듯 하단전으로부터 소리 긁어모으기를 다시 시도하던 여자는 그만 젓가락을 내던지며 두 손을 모아 가슴팍을 움켜쥔다. 마른수건을 쥐어짜는 것 같이 명치끝이 뒤틀린다. 아직도 역류할 그 무엇이 내 속에 남아 있단 말인가.

여자는 아무래도 오늘은 소리 선생한테 많이 미안할 것 같다. 예습과 복습이 부족한 날은 선생의 매김 소리를 제대로 받아넘길 수가 없다.

그 양반이 얼마나 괴팍한지 완전히 고용살이였다니까. 밥하고 청소 빨래는 기본이고 공연을 하면 땀을 많이 쏟아내니까 하루에 속옷을 세 번이고 네 번이고 벗어내는데 그놈을 삶아서 백옥같이 해놔야지 그렇잖으면 집어 던지고 난리가 났어. 그리고 소리는 하루에 삼십 분도 안 돼. 지금처럼 녹음이 어딨어. 일일이 다 외워서 했지. 소리 선생은 자신이 사사받던 때 얘기까지 풀어냈다.

여자의 친구인 R의 주선으로 선생을 모시고 소리모임이 만들어졌다. R은 강화에 있는 자신의 화랑을 소리공연도 함께 하는 퓨전 카페로 꾸미려는 계획을 갖고 있다.

퓨전, 그게 무슨 옛날 두꺼비집 퓨즈 같은 거라도 되는 거야? 갖다 대기만 하면 모든 게 확, 통하는? 그림 보랴 노래 들으랴, 또 뭘 먹어 주어야 하고. 손님들의 눈과 귀, 입, 지갑까지 모두 열게 만들겠다면 그게 시장바닥이지 무슨 전원카페야?

여자가 까칠하게 반응했지만 R은 자신이 마치 가출소녀들의 맏언니이기라도 한 듯 꿋꿋했다.

전문인을 모시기보다는, 우리가 소리를 배워서 직접 공연을 하는 거야.

R은 정말 유랑녀들의 매니저라도 될 태세였다.

여자가 정말 하고 싶은 것은 춤이었다. 그런데 춤은 몸의 균형이 잡히지 않으면 힘들 것 같았다. 한 발로 섰을 때의 순간 균형이 어긋나면 춤을 추기가 곤란하지 않을까. 물론 연습에 의해서 어느 정도 균형감각을 되찾을 수 있겠지만 현재로서는 곤란하다는 게 여자가 스스로 내린 판단이다. 탱고나 블루스같이 한 쌍의 남녀가 세트가 되어 추는 춤조차도 다시는 출 수가 없을 것 같다. 여자가 몸의 균형을 잃어버린 것은 아무래도 수술의 후유증 때문일 것이라고 의심했다. 사십 년 가까이 자신의 몸 한가운데서 자신의 전부를 떠받쳐주었던 그 소우주가 빠져나가 버리자 여자는 빈껍데기가 되어 휘청거렸다. 아주 가망 없이 무너져 버린 것이다.

한때 여자는 주위 사람들에게 매우 난처한 대상이 되었다.

여자들 그런 수술 받으면 평생 무거운 것도 못 들고 힘도 잘 못 쓴다는 데 괜찮아?

여자의 남자 선배 한 사람이 심각하게 물어왔다.

요즘 세상에 여자가 무거운 걸 들고 다닐 일이 어디 있어요. 이사도 포장이사가 다 알아서 해주지, 옛날처럼 논일 밭일을 하는 것도 아니고. 애들도 다 컸겠다, 수민 엄마가 힘쓸 일이 어디 있어요? 아, 그거로구나. 선배가 걱정하는 거, 그거 선배한테 지장 하나도 없다니까요. 그거 내가 증명해보일 수도 있는 데, 그걸 어떡하나요. 우리가 무슨 킨제이와 그 여비서도 아니고 참…….

아내의 수술 날짜를 받아놓고 기가 죽어 있던 그 선배 남자는 여자의 장황한 위로에 안도하는 것 같았다. 그 남자의 진정한 걱정의 핵심을 제대로 짚어 주었는지는 모르겠으나 담당의사의 진술보다는 여자의 경험담이 훨씬 설득력이 있는 것도 같았다.

그때, 배꼽 아래 뚜렷하게 새겨진 고등어 등뼈 같은 흉터를 확인하고 나서의 절망감이라니. 이럴 줄 알았으면 무심코 내 여성을 탐내던 뭇 남성들에게 진작 육보시라도 할 걸 그랬었나. 여자에게 후회감 같은 것이 일었으나 딱히 짚어보자면 그럴 만한 대상이 확실치도 않았다는 사실에 여자는 더 자괴했는지도 모른다.

너는 주~우거 푸릇푸릇 봄배추 되거라, 나~아는 주, 죽어서 아이, 가이가, 밤이슬 될거나. 그러고 보니 이 함양 양잠가의 가사는 한 절 건너마다 죽음이다. 너는 주~우거, 나는 주~우거…… 아무리 쥐어짜내 봐도 최후의 언어처럼 소리는 여자의 목구멍 안에서만 감긴다.

당숙이 돌아가셨어. 둘째 당숙, 기진이 아버지 말이야……

잠시 전 남자의 목소리는 몹시 허탄했다. 그럼 기진이 도련님이랑 이제 부자간 상봉이네. 여자는 상봉이라는 말이 전화를 걸어온 그 남자에게 좀 미안하긴 했지만 사실 뭐, 미안할 것도 없다. 이젠 여자와는 별로 상관도 없는 어떤 이웃쯤의 일이 아닌가.

✣

여자는 신혼여행에서 돌아오자마자 상을 치렀다. 결혼식장에서 여자 부부를 축하해주던 둘째 시당숙 내외를 열흘쯤 만에 장례식장에서 재회한 것이다. 외아들을 잃은 당숙내외는 허깨비처럼 변해 있었다. 고속도로에 간혹 출몰하는 들짐승의 로드킬을 피하려다가 일으킨 사고였다. 테러는 아니었지만 어쩌면 테러보다 더 돌연한 죽음 앞에서 문상객들은 쩔쩔매고 있었다. 짧은 항해에서 돌아오자마자 자신만 모르게 설치되어 대기하고 있던 롤러코스터에 떠밀려 올라탄 듯 여자는 곧 실신할 것만 같았다.

여자는 젊디젊은 영정 앞에서 정말 채무자가 된 기분이 들기도 했고 한편으로는 빚 탕감이 저절로 이루어진 것 같은 묘한 기분이 때문인지 눈물이 나오지는 않았다. 기진이라는 사람을 여자는 결혼 전에 딱 한 번 잠깐 보았었다. 그가 출장업무로 한국에 나왔을 때였다. 그 청년은 육촌 형의 결혼식에 참석할 수 없어 미안하다며 얼마쯤의 달러를 보내왔다고 했다. 물건이었다면 꽤 고가품의 결혼선물에 상당되었을 적지 않은 금액이었다고 들었다. 여자의 시어머니는 그가 달러를 보내준 것을 두고 너희도 나중에 기진이 장가들 때 그만한 것으로 갚아야 할 텐데, 라며 여자에게 막연한 채무감을 미리 지어주었지만 혼수 준비로 예비시집을 드나들 때라 여자가 그리 귀담아 듣지는 않았었다.

둘째 당숙, 그 양반 좀 봐라. 이제 절문(絕門)이다. 살았다고 할 것도 없다. 기진이 밑으로 하나만 더 있었어도 그리 되지는 않았을 텐데, 기진이 엄마도 어떻게 해서든지 하날 더 만들 걸 그랬다고 후회했단다. 둘은 돼야 한다. 요즘 세상에 대 끊기는 게 무슨 대수냐, 다 너희들 생각해서 하는 소리지.

오랜 연애로 유통기한이 훨씬 지난 연인이 되었는데도, 친구와 동업으로 가전제품 대리점을 하던 여자의 남편은 차일피일 결혼을 미뤘었다. 경기불황이 계속되는 한 그들의 결합도 불투명할 뿐이었다. 시어머니라는 사람은 아들과 며느리가 서른다섯 동갑인데도 당신의 아들이 호호백발 할머니에게 사기라도 당했다는 듯 손해보험이라도 청구할 기세였다.

그 나이까지 직장생활 했으면 돈은 제법 모아났겠구나. 그리고 아이를 낳더라도 행여 나한테 맡길 생각은 마라. 허리가 아파서 밥도 겨우 겨우 해먹는다.

"이번에야말로 내 차례야. 나, 이번 기회 잃으면 어쩌면 계속 과장 못 달지도 몰라. 남자 사원들도 쉽지 않은 기횐데."

임신 사실을 알았을 때 여자는 몹시 당황했다. 여자의 직장이란 곳도 여자의 임신에 대해서 그다지 호의적이지 않은 집단이라는 사실이 여자를 압박했다. 동료들이 눈엔 듯 입술엔 듯 불분명한 미소를 달고 건네는 '축하해' 라는 인사말이 결과적으로는 자신들을 향한 자축의 메시지라는 것쯤을 이미 터득한 여자가 내놓고 나 임신했어요, 라고 공표할 수는 없었다.

"어머니 아시면 무슨 일 나는 거, 보려고 그래?"

"어머니가 어떻게 아셔? 만일 아신다 해도, 이건 우리 문제잖아."

여자는 차라리 동네 통장 아저씨나 철학관 도사 아저씨를 찾아가고도 싶었다. 남편의 동의가 있어야 한다는 의사의 말에 여자는 단호하게 남편은 없어요, 라고 잘라 말했다.

칠 주면 얼굴 윤곽이 드러나는 시기예요. 산모에게도 결코 좋은 시기는 아니에요.

중년의 여의사는 중절의 후유증에 대해서 의무적으로 경고했다. 여자는 산모라는 말이 낯설었다. 아이는 없고 엄마만 있었다. 미역국을 끓여서 혼자 먹으며 여자는 조금 울었다. 그리고 수면내시경을 한 번 받은 것뿐이라고 여자는 스스로를 위로했다.

만혼의 딸이 허니문 베이비를 가진 것을 몹시 반겼던 여자의 친정어머니는 뱃속에서 이미 상을 치른 아이라 세상에 나왔어도 께름칙했을 것이 아니냐며 딸을 위로했다.

여자가 홀쭉한 허리를 동여매다시피 하고 출근을 했지만 남자는 아무것도 묻지 않았다. 그 남자는 자신에게 곧 덧씌워질 사업이나 말아먹는 무능력자라는 불명예를 더 두려워하고 있었는지도 모른다. 여자가 아이의 일을 고백하자 남자는 너, 참 무섭다, 라고 낮게 내뱉으며 돌아누워 버렸다. 여자는 유력한 승진 대기자의 물망에 오름과 동시에 밤마다 남자의 굳은 등을 보며 잠드는 고통을 보너스로 받았다.

그게 어디에 있는 무슨 회사였더라? 해외토픽보다 더 별스럽던, 오랫동안 베일에 싸였던 한 선행자를 밝혀낸 특종기사보다 더 훈훈하게 신문지면을 장식했던 남자사원의 육아휴직을 정당하게 인정하는 기업. 내일 아침 당장 초등학생 엄마처럼 남편의 손목을 잡아끌고 그 회사의 회장님이나 사장님을 찾아가서 머리를 조아리며 읍소라도 해볼까. 그런 직장에 다니지 않는 남편과 육아정책을 제대로 펴지 못하는 정부의 고위 관리자들을 싸잡아 욕하면서 여자는 한밤중에 거실에 홀로앉아 텔레비전 채널만 돌려댔다.

포크레인으로 땅을 파고 고래상어 미이라를 묻는 다큐 채널은 천 년 후에 공개될 것이라고 공언하며 엔딩 크레디트를 내보냈다. 여자도 천 년 후를 약속받은 미이라처럼 긴 안식에 들고 싶었다. 배를 가르고, 내장이 다 뽑힌 채로 적색 포도주를 듬뿍 묻힌 거즈로 허전한 뱃속을 닦아내고 방부제 향수로 온 몸에 칠갑을 한 다음 그림, 이만, 천 년 후에…… 깔끔한 여운으로 처리되는 엔딩 크레디트와 함께 땅속 깊이 묻히고 싶었다.

천 년 후에 내가 새로 태어난다면, 그때도 여자가 아이를 낳고 있을까. 여자의 몸에서, 여전히 엄마의 자궁에서 아이는 잉태되고 있을까…….

⚜

저녁은 굶으시고요, 밤에 밑에 약 넣을 거예요.

낮에 간호사의 주의사항을 들을 때만해도 여자는 그 약이라는 게 위 엑스레이를 찍기 전에 입을 통해서 투여했던 조영제 같은 것일 테지, 하며 오래전 기억 속의 막연한 역겨움을 회상해볼 뿐이었다.

엄마, 내일 아침 아홉 시에 내가 제일 먼저 수술이래.

면접시험 인터뷰라도 앞둔 듯 전화로 어머니에게 알릴 때까지만 해도 여자는 그다지 긴장하지 않았다. 밑에 넣는다는 약이 내일 아침이면 내 몸에서 떨어져나갈 하나의 기관을 위해서 어떤 작용을 하리라는 짐작은 해보았으나 구체적인 그림은 떠오르지 않았다.

약은 왜 넣는 거예요, 그걸 넣으면 혹시 밤에 배가 아프지는 않나요?

여자는 차마 간호사에게 그런 질문을 할 수가 없었다. 어머니 뱃속에서 잉태될 때부터 함께 자라나서 자신의 몸 속 한 조직으로 이미 정착하고 살아 온 것을 몰아내기 위해서 선제공격을 편다는 게 환호작약할 일이 아닌 바에야 확인하려는 마음만 쓸쓸할 것 같았다.

여자는 남자의 휴대폰에 다시 전화를 걸어봤지만 음성사서함으로 넘어간다는 멘트만 되풀이되었다.

나, 내일 아침, 아홉 시에 수술이야. 내가 제일 먼저래. 나, 수술하고 나면 병원에 와 줄 수 있어요? 만일 나 못 보더라도 잘 있어요. 안녕……

여자는 음성을 남길까 하다가 그만 두었다. 그들에게 서로 남기고 말고 할 것은 이미 아무것도 없었다. 휴대폰의 폴더를 닫으며 안녕, 이라고 발음을 해보니까 여자의 목에서 뜨끈한 것이 한 숟가락쯤 울컥 괴어 올라왔다.

채권자들이 당신을 괴롭힐 거야, 세무서에서도 압류가 들어올 거야.

남자는 아파트 명의를 여자 앞으로 돌리고 이혼을 하자고 했다.

꼭 이래야만 해? 집은 다시 사면 되잖아, 하면서도 여자는 남자를 설득하지는 못했다. 흔쾌히 거금을 빌려줄 수 있는 친인척도 없었다. 여자의 시어머니가 기진이 아버지에게 찾아갔었다는 사실을 알고 남자는 여자에게 강력하게 이혼을 요구해 왔다.

기진이 보험금 남은 게 어디 있다고, 어머니는 꼭 그렇게 둘째 당숙을 찾아 갔어야 했어? 남자는 자신의 어머니가 기진이 아버지에게 돈 이야기를 하러 간 게 여자의 성화에 의해서였다고 단정하고 불같이 화를 냈다. 남자는 자신의 무기력과 불운에 분노하는 것이었겠지만 그 분출구가 여자 자신을 향해서 터져야 한다는 게 그녀로서는 너무나도 부당했다. 남편과 아파트 중에 하나를 선택해야만 하는 문제풀기를 더 이상 미룰 수는 없었던 여자는 그 이상한 문제를 풀고 빨리 다른 문제로 넘어가고 싶었다.

아파트와 남편을 바꾼다, 이거지? 그거, 얼른 도장 찍어. 머리 아프게 고민하다가 나처럼 아파트와 남편 모두 다 잃어버리지 말구…….

법조계나 세무서쪽의 요식적인 상담 답변보다는 경험 있는 친구의 충고가 여자에게 훨씬 유익한 힌트가 되었다.

밤 아홉 시쯤, 관장을 한 후 간호사의 인터폰 호출을 받고 약을 넣기 위해 여자가 불려간 곳은 수술실, 바로 분만실이었다. 새 생명이 지구상에 첫발을 내딛는 장소치고는 너무 살풍경했다. 한 여자의 벌어진 음부에서 막 아이의 머리통이 솟아나오고 있었다. 다른 침대 앞에서는 이미 아이를 밀어낸 다른 여자의 찢어진 가랑이를 젊은 레지던트가 빠른 손놀림으로 봉합시술을 하고 있었다. 생살에 바늘이 꽂힐 때마다 그 여자는 아, 아, 하는 짧은 신음을 토해냈다. 갓난아이의 고고성과 산모들의 신음이 피 비린내와 뒤섞인 그곳에서 여자는 자신만 홀로 이방인 같기도 했다.

내일이면 나는 무늬만 여자? 약을 넣고 병실로 돌아와 누웠으나 여자는 잠을 이룰 수가 없었다. 옆 침대의 산모는 내일 아침 일찍 퇴원을 한다고 여자가 약을 넣으러 가기 전에 미리 작별인사를 하고 잠에 들었다. 제왕절개 수술 후에 연일 축하 손님을 맞는 경사를 치르고 난 젊은 산모는 밤이면 달게 잠에 빠졌다. 제왕의 탄생처럼 첫 아들을 낳았으니 왕후가 따로 없었다.

내일 내가 수술실에서 돌아오면 저 여자는 이미 떠나있을 테고 또 다른 여자가 저 침대를 차지하고 있겠지. 어떤 여자일까. 또 아이를 출산하는 여자겠지. 의사의 스케줄에 맞춰 태어나는 아이들의 사주팔자는 어떻게 해석이 될 것인가. 만일 내가 수술에서 깨어나지 못한다면 그건 신의 영역일까, 과학의 범주일까…… 여자의 잠은 아무리 청해도 오지 않는 거만한 귀빈처럼 갖가지 억측과 추측을 불러일으켰다.

헌, 헌, 옆 침대의 산모가 잠결에 간혹 누군가의 이름을 부르고는 푸훗 푸훗 웃는 것 같았다. 아마도 남편의 이름이겠지. 여자는 휴대폰의 폴더를 자꾸 여닫으며 전원이 살아 있는지를 확인했다. 여자는 약을 넣고 오자마자 부재중 전화 표시를 살폈지만 액정화면에는 여전히 시들지 않는 아이리스 꽃잎만 샛노랗게 피어 있었다.

엄마의 자궁에서 막 붉어져 나온 머리통, 딸이었을까, 아들이었을까. 조금 전에 보았던 분만실의 광경들이 되살아났다. 불온하게도 살육의 현장을 목격하고 온 것처럼 여자는 진정이 되지 않았다. 탄생의 신령함과 존엄함이란 모두 허위가 아닐까. 죽음이야말로 신성함에 이를 수 있는 관문이 아닐까. 절대값이 있을 수 없듯이 절대진리도 있을 수 없다고 강변하는, 어떤 현안의 난제 앞에서 무기력할 뿐인 노쇠한 철학자같이 여자는 그만 혼수에 빠져들고 싶었다. 부지런한 청소부처럼 내일 아침 아홉 시가 빨리 와서 이 불안한 시간들을 깨끗이 비워갔으면…….

헌, 헌, 옆 침대의 산모는 또 그 이름을 불러댔다. 어쩌면, 집시 여자들처럼 자신만이 알고 있는 아이의 비밀 이름을 부르는 것일까.

여자도 자신만이 알고 있는 아이의 비밀 이름을 불러보고 싶었다. 스와하, 스와하, 하지만 여자의 입에서는 고대 인도인이 종교 의식 때 읊었다는 주문 같은 소리만 새어나왔다. 스와하, 스와하…… 어느 먼 별에서 잠든 꽃들을 깨우는 자애로운 바람소리 같기도 하고 사그라지는 불꽃이 내쉬는 점멸의 소리 같기도 했다.

침상 옆 사물함의 서랍 속에서는 여자의 손목시계의 기진한 맥박이 가늘게 들려왔다. 약을 넣은 아랫배에서는 별 이상증세가 없다. 내일 아침이면 여자의 몸에서 아주 떨어져나가야 할 운명에 놓인 그것이 아무런 징후를 나타내지는 않았다.

여자는 전에 중이염 수술을 앞두고도 귓속에 딱딱하게 엉겨 붙은 귀지덩어리들을 녹여 내느라 약을 넣었었다. 밤새 귓속에서 물 흐르는 소리가 나는 것만 같았다. 단단하게 뭉쳐진 것이 녹아 떨어져나가려니 앙탈을 부리는지 욱신거리는 통증도 있었다. 전에 귀 앓은 적 있어요? 이런 정도면 진물도 나고 통증도 있었을 텐데. 그때도 의사는 자각증세가 없었다는 것이 믿기지 않는다는 투였다.

"이런 크기라면 충분히 만져졌을 텐데 못 느꼈어요? 다른 장기들을 눌러 고통스러웠을 텐데."

"네, 변비가 심한 것 말고는 별로……"

여자의 몸속에 있는 소우주를 비치고 있는 초음파기의 화면은 과학 교과서에서 본 듯한, 인공위성에 의하여 어떤 행성의 움직임을 포착해낸 흑백사진처럼 난해할 뿐이었다.

"꼭 적출을…… 다른 방법은 없나요?"

"애기 주머니는 말 그대로 애기 주머니일 뿐입니다. 목숨과 바꾸시겠어요?"

의사의 단호한 어조는 여자에게 새로운 운명을 선포하는 것 같았다. 혼란스러웠다. 잿빛 병 속에 갇혀서 파닥거리는 새 한 마리, 답답했다. 이마를, 부리를 병면에 대고 부딪쳐 아무리 항거해 보아도 부질없는 일이었다. 여자가 아이를 지우는 수술을 할 때도 발견되지 않은 것이었다.

나, 수술해야 된대. 자궁을, 들어내야 된대.

여자는 울면서 맨 먼저 남자에게 전화했었다.

그럼, 하지.

남자의 대답은 명쾌했다. 여자가 맹장이라도 떼어내는 줄로 아는 모양이었다. 여자는 전화기 너머에서 남자의 등 뒤로 남해의 푸른 봄바다가 넘실거리는 것을 보았다.

자궁을 전부 들어내야 된대. 아이를 못 가진대.

여자는 울음을 뚝 그치고 또렷한 발음으로 힘주어 다시 말했다.

하면 되잖아.

남자는 여전히 이웃 옆 동 아파트의 여자의 일에 왜 그렇게 호들갑이냐는 듯한 반응을 보였다. 여자는 당장 수술을 해야 한다는 두려움보다는 남자의 냉담한 반응에 더 가슴이 오그라들었다.

그렇구나, 우리는 이런 사이구나. 도대체 그가 내 보호자, 내 남편이라는 증거가 어디에 있는가. 결혼사진? 명명백백한 그와 나의 삼 년여 동안의 결혼상태? 그건 남자와 여자가 한때 부부였었다는 흔적일 뿐 현재의 증명이 되지는 못했다.

여자는 아버지를 나오시게 하여 수술동의서의 보호자 난에 서명을 하게 했다. 남편 분은 안 계세요, 친정아버님은요? 서명의 내용이라는 게 결국 최악의 상황이라도 환자 측에서 감수하라는 일종의 의사 권리장전 같은 것인 바에야 환자의 가족 중에 누가 한들 어떠랴만 병원 측에서는 여자의 어머니보다 아버지의 동의를 원했다. 아버지의 몸에서 여자가 나왔으니 어쩌면 당연한 일인지도 몰랐다.

아바님 날 나흐시고, 어마님 날 기르시니······「훈민가」의 첫 구절. 초등학교 오 학년 때던가, 이 시조를 처음 대했을 때 여자는 적잖이 당황했었다. 여자를 낳아주신 이는 분명히 어머니였다.

꼬박 하루 반나절이나 배를 틀어서 너를 낳았느니라. 막 낳고

보니 새까만 애기 머리카락이 어찌나 탐지고 무성하던지, 까만 비단 보자기를 쓰고 나온 줄 알고 깜짝 놀랐지 뭐냐. 명주실같이 엉클어져 얼굴을 반이나 가린 머리카락 사이로 눈만 겨우 빼옴이 떠서는……

여자의 어머니는 언제라도 여자를 낳던 날의 상황을 소상히 묘사해냈다.

어머니가 산고에 몸부림치며 막내 여동생을 낳던 날 밤도 여자는 또렷이 기억한다. 여자에게 다섯 살 이전 생의 시간들이란 기억상실처럼 그저 칠흑의 어둠이거나 블랙홀 같은 무정형의 실체일 뿐인데 어떻게 그날 그 순간만은 지금도 바로 눈앞의 광경인 듯 생생하게 재생되는지. 수건을 머리에 쓴 수남이 할머니가 부산하게 움직이던 그때도 초봄의 늦은 밤이었다. 아버지는 부엌 아궁이에 마른 장작을 잔뜩 밀어 넣고 무쇠솥에 물을 끓였다. 그리고 활활 타는 장작불에 가위를 그슬려서 다시 펄펄 끓는 물에 씻었다. 바보야, 가위를 소독하는 거야. 아버지가 탯줄을 직접 자르실 거야. 어린 여자의 귀에다 대고 속삭이는 큰오빠의 목소리가 가늘게 떨렸다. 여자의 기억은 확고하다. 아버지는 그때, 분명히 탯줄을 잘랐을 뿐이었다. 어째서 아버지가 우리를 낳았단 말인가.

정철의 「훈민가」는 어린 여자의 상식을 무너뜨린 수상한 변수였다. 아버지가 진정 자신 몸을 낳았다고 이해하기까지 여자는 수많은 삶의 수수께끼들을 풀어야만 했다. 그러나 정작 여자의 아버지는 당신이 낳아주신 딸의 몸이 전문의의 익숙한 손놀림에 의해 해체되어서 그 안의 어떤 결정체들이 사정없이 도려내어 진 후 다시 봉합되는 과정 동안 수술실 밖에서 그저 조용히 기다리고 있어야만 했다.

간호사는 자, 하나, 둘, 세세요, 라고 했지만 여자는 마취액이 온몸에 퍼져 의식을 잃기 일보 직전까지도 '아버님, 날 낳으시고, 어머님 날 기르시니, 두 분 곳 아니시면 이 몸이 살았을까……「훈민가」를 달싹였다. 엄마와 아버지께는 정말…… 죄송하지만, 그 상어고래처럼 아주 깨끗하게 제 속을 전부 긁어내어 주실 수는 없나요? 저도 천 년 동안 잠……들……고…… 싶어요. 여자는 고래상어의 미이라처럼 처연하게 천 년 동안 잠들기를 간절히 소망했다.

✤

당신께 일곱 송이 꽃을 바칠까요. 그러면 다시 당신의 아내가 될 수 있을까요. 당신의 아이를 낳고 싶어요. 당신과 함께 아이의 기저귀를 갈아 채우며 아이의 조그만 손가락에 대해서, 아이의 장래에 대해서 얘기하고 싶어요. 당신과 함께…….

여자는 안타까이 남자를 부르다가 깨어났다. 남해의 푸른 바다 속으로 남자가 자맥질해 들어가고 있었다. 봄밤은 짧아져 여자는 요즘 밤도둑의 여편네처럼 자주 엷은 낮잠에 빠진다. 짧은 낮잠

속에서도 여자는 토막토막 단발마의 비명 같은 꿈을 꾸곤 한다.

튀김 젓가락 한 짝은 식탁 아래 바닥에 떨어져 있고 사위는 고요하다. 책받침 크기 두 개 정도의 부엌창으로 심심한 오후의 햇볕이 기웃거리는데 식탁 유리판 위에는 침이 조금 고여 있다. 여자가 눌렸던 한쪽 볼을 손바닥으로 쓸며 벽시계를 들여다보니 두 시가 조금 넘어 있다. 여자는 느닷없이 눈이 부신 걸 느낀다. 여자는 바닥에서 튀김 젓가락 한 짝을 주워 올린다.

남자는 여자 앞에서 가끔씩 이 튀김 젓가락 한 짝을 들고 오케스트라를 지휘하는 흉내를 내고는 했다. 남자는 지휘자가 되는 게 꿈이었던가. 휴일날 오후, 여자가 튀김 요리를 할 때면 남자는 여자의 손에서 튀김 젓가락을 하나를 뺏어들고는 오디오의 볼륨을 높인 다음 교향악단의 지휘자가 되고는 했다. 기름이 끓는 팬 안에서 다 익은 튀김을 건져내야 할 때, 남자가 쥔 한 짝의 젓가락을 빼앗을 수가 없어서 여자는 컵라면에 따라오는 짧은 나무젓가락을 쓰고는 했다. 튀김 젓가락 한 짝이 지휘봉이 될 때마다 여자는 마트에 가면 튀김 젓가락 한 세트를 꼭 더 사야지, 해놓고는 번번이 잊어버리고 말았다.

그때 여자가 잊어버리고는 했던 것은 튀김 젓가락뿐만이 아니었다. 파트너가 있어야만 출 수 있다는 탱고 댄스 주말 강습에 같이 가자는 남자의 청을 다음번에, 다음번에, 하며 미루고는 하다가 잊어 버렸다. 교향악곡의 선율에 도취되어서 오케스트라의 지휘자라도 된 양 튀김 젓가락을 휘두르고 있는 남자의 등 뒤에서 여자는 건설회사 아파트 광고 속의 여자배우처럼 한쪽 치맛자락을 부여잡고 상대가 청해 온 춤에 응하는 자세만 연출했었다.

경비실과 연결된 인터폰을 통해서 이웃들의 항의가 들어왔을 때 마음 놓고 오디오의 볼륨을 한껏 높일 수 있는 전원주택 같은 데로 이사 가자고 여자는 남자에게 거짓 위로를 했다. 실현되지 못한 희망사항의 분노와 원망은 초미립자 상태로 압축되어 해로운 바이러스 균처럼 집안 구석구석에 들러붙었다. 잦은 감기를 앓듯 그들은 툭하면 싸움을 벌였다. 발수건과 얼굴수건을 혼동하는 남자의 부주의를 지적하는 여자의 예민함과 베란다 청소는 한 달에 한 번도 번거롭다는 남자의 범상함이 대립하고, 타인의 불의와 불편에 냉담한 자신을 용서할 수 없는 남자의 선량함과 만인의 평안은 내 자신의 안정으로부터 비롯된다고 믿는 여자의 이기심이 충돌하고는 했다.

탱고 같이 배우러 다니지 않아서, 나한테 화난 거야?

남자가 등을 돌리고 자던 어느 날 밤, 여자가 남자의 등을 쓰다듬으며 했던 질문이었다. 남자는 대답이 없었다. 남자는 아마 정말 자고 있었을 것이다. 남자는 새벽 귀가로 늘 잠이 부족했고 여자는 심한 불면증으로 잠이 몹시 남아돌았다. 여자는 거대한 산처럼 가로막힌 남자의 굽은 등 뒤에서 숨이 막혔다. 그런 밤은 몹시 더디게 지나갔지만 다행히 일요일이나 공휴일은 그런대로 빨리 돌아왔다.

그즈음 여자는 주말이면 퇴근길에 튀김 재료를 꼭 사오고는 했다. 남자가 외출하고 없는 휴일 날 오후에도 여자는 혼자서 튀김 요리를 했다. 그리고는 식은 튀김들을 다시 한 번 데워서 경비실에 갖다 주고는 했다. 아직은 젊어 뵈는 여자의 생뚱한 친절에 보답이라도 하려는 듯 늙은 경비들은 소곤대는 투로 아파트 건물의 외벽에 대대적인 페인트 작업을 하기로 했다거나 아파트의 이름을 상떼빌로 고치려 한다는 소식들을 미리 전해주었다.

그러면 아무래도 집값이 오르지 않겠어요? 친정 외삼촌같이 자상한 경비 아저씨에게 여자는 깍듯하게 목례를 하며 네에, 초라한 본질은 언제나 과장된 화려로 덧칠되기 마련이지요, 라고 자신도 알 듯 말 듯한 대꾸를 하고는 또각또각 소리가 나게 슬리퍼의 뒤축을 찍으며 현관 입구의 계단을 올라왔다.

여자는 주워 올린 튀김 젓가락 한 짝을 남아 있는 한 짝에 대어서 맞춰본다. 본래는 한 짝에 쇠고리가 달려서 다른 한 짝에 걸도록 만들어진 것인데 그 고리라는 것은 빠져나가 버린 지 오래고 구멍만 남아 있다. 고리가 없어졌는데도 여태까지 쌍으로 온전히 보관되어 온 게 여자는 우습다. 고리 없는 것들이 토막토막 끊어지거나 이어지면서 낮잠의 꿈속에서조차 여자의 발목을 잡으려 하는 건 더욱 우습다. 여자는 식탁 밑에 떨어져 있는 엠피쓰리를 마저 주워 올리며 아주 약한 지진이 지나갔을 뿐이라고 자신에게 타일러 본다.
　과장님, 저 취직, 됐어요.
　신입 때부터 똑 소리 나게 야무져서 여자가 자기네 부서로 데려와 키워 온 민경이었다.
　과장님, 몸은 요즘 어떠세요, 첫 월급 타면 제가 맛있는 거 사드릴게요…….
　여자는 그저 응, 응, 그래, 그래, 라고만 대꾸한 것 같은데 과장님, 건강 잘 챙기셔야 해요, 저 과장님, 무지 존경하거든요, 라고 했던 처녀애의 통화음은 여자의 귓속에서 웽웽 벌떼의 날갯짓 소리처럼 반복된다. 여자는 존경이란 말이 생소하다. 젊은 처녀에게 존경이란 어떤 개념일까. 마이너스 경영이 아닌데도 구조조정을 감행하는 경영진에게 반발하고 나섰던 여자의 모습이 처녀애에게 잔 다르크나 유관순 누나의 이미지로 남았던 걸까.

　소리강습은 저녁 일곱 시, 아직 시간은 충분하다. 장례식장에 들러야 할지, 여자는 다시 생각이 얽힌다. 그는 왜 이토록 내게 난감한 숙제를 내주는가. 아까 그가 전화했을 때 아직도 남해에 있는 선배네 어장에 있는가, 하고 물어볼 걸 그랬었나. 나는 그에게 정말 지인 이상의 관심도 없는 걸까. 지인이라면 오랜만의 전화에서 그 정도는 물어봤어야 하는 거 아니었나…….
　여자는 남자와 결혼하기 전에 남해에 서너 번 갔었다. 우리도 나중에 여기 남해에 내려와서 선배네 옆에서 같이 살았으면 좋겠다고 여자가 말하자 남자도 그럴까, 라고 해서 그들은 마주보며 같이 웃었다.

옛날 인도에서 어떤 처녀가 어떤 청년을 사모했었대. 이름이 야소다라였는데 그 처녀가 전생에서 자기가 좋아하는 남자한테 일곱 송이 꽃을 바쳤대. 그래서 그 남자랑 다음 생에서 사랑을 이루어 정말 부부가 되었대. 그 남자가 바로 싯타르타, 석가모니 부처님이래…….

여자가 불교설화를 남자에게 들려주었다. 남자는 해변에 낮게 피어 있는 해당화 일곱 송이를 꺾어 바다에 던졌다. 잔잔한 바닷물 위로 떠가는 붉은 해당화 송이들이 루비처럼 반짝거렸다.

그리스 신화에는 스틱스 강에 맹세한다는 말이 있어. 스틱스는 저승 앞을 흐르는 강의 여신 이름이야. 그 이름을 걸고 한 번 맹세를 하면 신들도 절대 어길 수 없다는 전설이 있지. 이제 여기 남해 앞 바다가 영원히 우리를 기억해 줄 거야. 우리의 이 순간도 영원이라는 궤도 속에서 흐를 거야…….

그때 그 봄바람에 실린 남자의 목소리가 몹시도 부드러웠다.

⚜

"오늘 휴강이라네. 우리 소리 선생님, 그 스승이란 분 말이야. 아주 위급해서 광주에 내려가야 한다네. 저녁에 나 자기한테 갈게."

휴대폰 속 R의 음성에서는 촉촉한 떨림이 전해져 온다. 오늘도 R은 여자에게 와서 그 아이에 대한 그리움을 호소할 것이다.

그렇다면, 장례식장엘 가봐야 하는 건가. 여자는 다시 생각에 얽힌다. R은 곧 여자에게로 올 것이다. 내게로 오라거나, 오지 말라거나 여자의 대답 같은 건 R에게 별 뜻도 없는 노래 가사의 후렴구일 뿐이다. R은 마치 사채업자처럼 통보도 없이 여자의 집에 상습적으로 들이닥치고는 했다.

나, 미치겠어. 그 애 얼굴 딱 한 번만 보고 왔으면 좋겠어. 올해 고등학교 갔을 텐데. R은 그 애가 중학교에 들어갔을 때도 여자에게 와서 울었다. 그 애가 초등학교에 갔을 때도 그랬던 것 같다.

이제 사춘기인 아인데, 대학 들어갈 때까지만, 조금만 더 기다려…… 기다려야 한다는 말이 공소한 줄 알면서도 여자는 매번 R에게 정말 채무자처럼 기한연장을 빌었다. 그 아이가 초등학교 때는 중학생이 될 때까지, 그리고 이제 대학생이 될 때까지, 여자는 정말 빚쟁이를 달래듯 통사정을 하고는 했다.

그 앤 날 보더니 무표정하게 고개만 숙이더라…… 그 애가 중학교에 입학했을 때쯤 R은 기어코 그 애를 한 번 보고 왔었다.

그 애 아빠라는 사람은 제법 큰 레스토랑을 하면서 고향 여자랑 살고 있더라. 그런데 여자가 몸이 안 좋은가보더라. 그 여자와의 사이에는 애는 없다더라. 여자가 무슨 병이 있다더라. 그런데 그 여자가 그렇게 아프면 우리 애는 누가 키우니?

병은 무슨? 남자들 다 그런다잖아. 자기 마누라는 어디 아프다고, 무슨 지병이 있다고, 하다못해 왕비병, 공주병까지 다 동원한다잖니.

여자가 가끔씩 타박을 놓아도 R은 여전히 여자에게 단골손님 같았다.

그 여자가 죽었는지 확인하러 가고 싶은 거야? 그래서 그 애 아빠라는 남자한테로 가겠다는 거야?

여자는 오늘은 어쩌면 R에게 어깃장을 놓을지도 모른다.

그래, 갈 테면 가봐. 자기처럼 언젠가 돌아갈 곳이 있는 사람들의 방황은 자동차의 급발진처럼 부지불식간에 이루어지지는 않지.

찻집을 나올 때 남자는 무엇인가 생각났다는 듯이 점퍼의 안주머니에서 아파트 열쇠를 꺼내 여자에게 내밀었다. 자기가 계속 가지고 있으라고 여자가 극구 사양을 하자 남자는 여자의 한 손을 끌어다가 쥐어주었다. 남자가 여자에게 남겨준 스물다섯 평짜리 아파트는 결국 여자가 돌아갈 곳이 없음을 알고 남자가 여자에게 베풀어준 호의였던 것일까.

법원 근처의 카페에서 차를 마실 때, 여전히 남자는 말이 없었고 여자는 무슨 말인가를 쉴 새 없이 속닥거렸다. 그날, 여자의 공허한 수다는 그들 사이에서 사라져 가는 것들을 잡으려는 안타까운 노력이었는지도 모른다. 연애시절 여자가 시시콜콜 수다를 떨면 남자는 언제나 가만가만 웃으며 고개를 끄덕여 주기도 했다. 그럴 때마다 여자는 자신의 말에 귀를 기울이고 있는 남자에게 만족했었다. 사적이든 공적이든 여자가 어떤 사안에 대해 분노해서 성토할 때도 대체로 남자는 여자의 편이 되어주었지만 가끔씩 그게 말이 되는 소리냐는 듯 자신의 왼손을 들어 엄지와 중지를 동그랗게 말아서 여자의 이마에 대고 튕겨줄 때도 있었다. 여자는 그게 남자의 말 없는 충고라고 순하게 받아들일 줄 알았다.

그러나 그 날은, 남자는 여자에게 단지 부동산 중개업소나 보험회사 직원인 듯 의례적인 거리감 같은 것을 유지하고 있었다.

집과 아내를 지킨다고 이혼하는 남자를 내가 어떻게 믿으란 말이야?

여자의 돌발적인 작별인사 앞에서 떠나가는 남자는 성실한 공무집행자의 보행자세로 묵묵히 돌아서서 갔다.

"하마터면 잊을 뻔 했어. 내일이 그 애 생일이야. 열일곱 번째 생일이야. 차 갖고 왔으니까 빨리 내려와."

오늘은 R이 기어이 그 애한테로 가고 말 태세다. 그런데 그 애의 생일은 계절 따라 바뀌기도 한다. 이번의 그 애의 생일은 그 애가 태어난 날이 아니라 아마 그 애가 잉태된 날일 것이다.

"나, 갈 데가 있어."

"어딜……? 약속 있다고 안 했잖아. 그런 상복 차림으로 어딜 가겠다는 거야?"

검정색 투피스에 검정 핸드백, 검정 구두, 목에 두른 검정색 스카프까지, 여자의 차림은 누가 봐도 명백한 상복이다.

"나 좀, 남해에 데려다 줘."

내 분신처럼 사랑할 거야. 스틱스 강에 맹세할 수 있어? 맹세할게. 봄바람처럼 달콤하고 부드러웠던 남자의 목소리. 그때 여자는 차라리 한강에 맹세할 수 있느냐고 남자에게 물어봤어야 했다. 스틱스 강물에게 따지러 그리스까지 가기에는 너무 멀었다. 게다가 그곳은 저승의 강이라 하지 않았던가.

"그래서 지금, 그리스 대신 남해로 가겠다는 얘기야?"

R은 기가 막힌다는 투다.

"그 어른도 이제 돌아가셨어. 곧 장학재단의 마지막 이사회가 소집되겠지. 그 남자와 나, 우린 앞으로 전화조차도 할 일이 없을 거야."

둘째 당숙은 자신의 하나뿐인 아들이 죽고 나서 받은 거액의 보험금과 합의금으로 장학재단을 만들었다. 여자와 여자의 남편은 그 재단의 운영진 이사였다. 매년 말, 기진이라는 사람이 다니던 대학교 안에 자리한 장학회 사무실에서 그들은 장학금 수혜학생 명단을 검토하고는 했다. 대표이사인 당숙어른이 돌아가시면 장학회는 자동으로 김기진의 모교인 K대학교에 귀속되도록 설립되었다. 남자는 남해로 떠나기 전에 여자에게 도장을 맡겼다. 장학회의 모든 이사회에서 자신의 위임장으로 여자가 대신 남자의 권한을 행사하도록 했다. 여자는 연말 정기이사회의가 소집될 즈음과 가끔 열리는 임시회의 때 남자와 통화할 수 있었다. 의례적인 내용과 의례적인 목소리의 소통이었지만 여자가 남자의 존재를 확인할 수 있는 유일한 경우였다.

"내가 지금 살고 있는 아파트, 그거 사실은 내가 장만한 거야. 내가 직장생활 십 년 만에 은행대출 받아서 산 집이야. 그렇다고, 그에게 속았다는 건 아니야. 나도 그에게 진실하지 못했거든. 거짓 위로와 무성의, 나도 그 남자한테 그랬거든. 그러나 그런 거짓보다는 나는 그에게 더 진실한 것이 분명히 더 있었어."

"그래. 진실, 그게 거짓보다 더 많지 않다면 말이 안 되지. 진실의 종이 자주는 울리지 않지만 그렇다고 그게 거짓보다 더 작은 건 절대 아니잖아. 그 아이 아빠, 내겐 그처럼 선하고 진실한 사람은 없었어. 내가 미대 떨어지고 유학 가겠다고 하니까 우리 아버지가 뭐라고 했는지 알아? 멍청한 딸년 환쟁이 만드는데다가 투자할 수 없다는 거야. 그리고선 당신 세컨드 년한테는 서울에다 부티끄 하나를 떠억 차려주는 거 있지. 그 세컨드 년이 우리 큰언니하고 중학교 동창이었거든. 나 그때, 성 바꿔버리고 싶었어. 우리 아버지 딸로 태어난 게 그렇게 치욕스러울 수가 없었어. 차라리 우리 빌딩의 경비 아저씨나 청소부 아저씨 딸로 태어났더라면 내 열아홉 인생이 그렇게까지 모욕적이진 않았을 거란 생각이 들더라구."

그때, 상처받은 고양이처럼 앙칼진 R의 처녀성을 거리낌 없이 받아 준 한 남자가 있었다. 아버지로 하여금 세컨드 여자의 배와 딸의 배가 함께 부풀어 오르는 모습을 동시에 지켜보게 하는 통쾌한 복수 끝에, R에게 남은 것은 처녀가 애를 낳았다는 치명적인 결함뿐이었다. R의 아버지의 운전기사였던 그 남자는 자신이 떠받들어 모시던 주인어른에게 뺨을 얻어맞고 발길질을 당한 후 자신의 아이와 함께 멀리 사라져야만 했다. 그 남자가 안고 떠났던 아이는 R의 아버지가 오랫동안 부려왔던 직원에게 퇴직금을 주지 않고 해고할 수 있는 결정적 사유의 마땅한 근거가 되었다.

R은 엄마의 치열한 복수전 끝에 잉태된 지 열일곱 해가 되는 그 아이에게 가는 것을 포기하고 결국 남해행을 택했다. 그래, 가고 싶으면 가봐. 그래야만 후회 없이, 뒤돌아보지 않고 다른 길로 갈 수 있는 거야…… R은 그동안 여자에게 사채업자처럼 굴었던 미안함을 보상하려는지 장거리 운전을 마다하지 않았다.

"그런데 R, 참 이상해. 왜 그 사람한테 고맙다는 생각이 들기도 하지? 막연한 원망이 있었거든. 자기의 여자도 제대로 지켜주지 못하는 남자라는 비난의 화살을 자꾸 그 사람한테 날리고 싶었었는데 말이야."

"말기 환자 같은 소리 하고 있네. 죽음을 앞둔 사람들이 그런다더라. 처음엔, 하필이면 나한테 왜 이런 병이? 하다가 결국 모든 걸 다 초연히 받아들이는 감상적인 실존의 상태가 된다더라."

"감상적인 거, 그게 나쁜 건 아니지? 인간은 자신들의 정념 같은 걸 너무 무시하는 경향이 있어. 동식물한테도 다 있는 그런 걸 왜 생의 최후에 다다르고 나서야 인정하는 걸까? 그런 게 없으면 사는 게 너무 푸석푸석하잖아. 과일주스나 커피도 없이 마른 비스킷을 씹는 건 너무 목마르잖아······."

R이 홀로 밤 운전하는 것이 미안하긴 했지만 여자는 반수면 상태로 사르르 잠기는 달콤한 혼수에 젖어 든다. 항생제가 듬뿍 섞인 처방약을 먹었을 때처럼 아직도 여자는 늘 이렇게 아슴아슴 졸음에 겨워한다.

아, 그 어른은 벌써 삼도내를 건너 가셨을까. 걷잡을 수 없는 물결이 바로 여자의 눈앞에서 넘실댄다. 너는 주~우거 만경청파의 황하수 되거라. 나~는 주, 죽어서 아이, 가이가, 돛대선 될거나. 다음 대목을 받아 매길 때마다 들어있는 '아이~가이가'는 마치 곡성을 내지르는 것 같다. 여자는 그만 멱을 따인 듯 흡, 하고 호흡을 멈추고 만다.

⚜

개구리 해부 시간이다. 칠판에 붙여놓은 커다란 흰 백지 위에 개구리는 사지를 벌리고 벌렁 누운 자세로 고정되어 있다. 개구리의 머리와 양발 양손에 압핀이 꽂혀 있다. 생물 선생님이 칼로 개구리의 허연 배를 가른다. 하얀 가운을 입은 생물 선생님은 의사 같다. 그런데 한쪽에서 여자의 배를 가르고 있는 다른 선생님은 하얀 가운이 아닌 초록색 수술복을 입고 있다. 생물 선생님은 반 아이들을 앞줄부터 차례대로 나오게 하여 해부된 개구리를 보여주고 있다. 붉은 내장들, 그런 것들은 이미 죽었는지 몰라도 개구리의 심장만은 선명하게 살아 있다. 앵두처럼 빨간 그것이 콩당콩당 뛰고 있다.

초록색 가운을 입은 다른 선생님도 갈라진 여자의 배를 헤집어서 무엇을 찾고 있다. 사지를 포박당한 여자도 개구리같이 배를 갈린 채로 죽어 있는데 여자의 심장만은 토마토처럼 빨갛게 살아서 콩당콩당 뛰고 있다. 여자는 이 순간만 지나면 완벽한 자신의 몸으로 다시 태어날 것만 같다. 까만 비단 보자기 같은 커튼 사이로 신기하고 경이에 찬 세상을 내다보며 이맛살을 한 번 살큼 찌푸리다가 땀과 눈물로 범벅된 엄마의 눈과 마주치는 순간 방긋 웃을 수 있을 것만 같다.

밤의 고속도로 위에는 모든 것이 깨어 있었다. 여자도 전신마취에서 깨어난 듯 조금 불안하고 안심이 되기도 했다. 여자의 손목시계는 열시가 훨씬 넘어 있다. 여자에게 시간은 빨리 잘 가다가도 딱 멈출 때가 있었다. 여자의 생 어느 지점에서 배터리가 왕창

방전되어 시계추가 그만 멈췄을 때 여자의 눈물어린 눈에는 세상 모든 것이 다 찬란했다. 그때처럼 여자는 느닷없이 눈이 부신 걸 느낀다.

저 멀리 밤바다 위에 고기잡이배들의 집어등 불빛이 희뿌연 유령처럼 떠다니고 있었다.

"고대의 어느 국가에서는 아이를 못 낳은 여자가 죽으면 바다에 묻었대. 수장(水葬) 말이야. 여자의 혼이 악한 영이 되어서 다시 살아서 돌아올까봐 그랬다나봐. 웃기지 않아? 되게 웃기지……."

"용감하게 싸우다가 죽은 전사를 배에 태워서 바다에 장사지내는 부족국가도 있었어. 최고의 영광이지. 그렇지 않아?"

보온병의 커피를 따르는 여자의 귓가에 찢어질 듯한 R의 외마디 소리가 날아들었다.

앰뷸런스의 다급한 소리가 멈추고 들 것에 실린 여자가 관 속 같은 구급차 안으로 옮겨진다.

안 돼요, 안 돼! 우리 애를 왜 저 배에다 태우는 거예요? 우리 애가 무슨 죄를 졌다고? 거긴, 한 번 가면 돌아올 수 없다는데 우리 애를 왜…….

여자의 엄마가 초록색 가운 선생님에게 항의하고 있다.

여자는 저 멀리 밤바다에서 돛배 하나가 자신을 향해서 서서히 다가오는 것을 보았다. 자신을 마중 나온 남자가 타고 있는 배라고 확신하는 여자의 가슴이 벌렁거린다.

……맹세할 수 있어?
맹세할게!

 여자는 식탁 밑에 떨어져 있는 튀김 젓가락 한 짝을 주워 올리려고 허리를 굽혀 팔을 뻗어보지만 불안한 꿈속처럼 팔이 좀처럼 젓가락에 가 닿지 않는다. 고리가 빠져나간 젓가락의 구멍에 보이지 않는 실이 꿰어져 자꾸 끌고 가는 것이라고 여자는 순간 지레짐작한다. 그러자 여자의 머릿속이 내장을 다 뽑힌 고래상어의 뱃속처럼 훤하게 텅 비어 진 것 같다.
 여자는 비로소 천 년 동안의 잠의 동굴, 그 아늑한 터널 속을 무사히 통과한 것 같아 안심이 된다.
 어느 휴일 오후, 탱자색과 귤빛이 어우러진 환희의 채도로 익어 가는 새우튀김의 바삭한 냄새와, 규칙과 불규칙이 부딪치고 튀기며 조응하는 심포니의 소리가 뭉근하게 퍼지던 거실의 풍경이 인상파 화가들의 환상된 빛의 소묘처럼 아스라이 빛난다. 여자의 머릿속이 점점 황홀해 진다.

황색 바람

황색 바람

필시 그 녀석일 게다. 한동안 종적을 감췄던 놈이 다시 나타난 것이다.

아침신문을 주우려고 현관문을 열었던 부혜는 악, 외마디 소리를 반쯤은 내뱉다가 헛숨을 들이마셨다. 옆구리가 너덜하게 뜯긴 쓰레기봉투가 나동그라진 현관 앞은 아수라의 현장 같았다. 간밤에 쓰레기봉투가 어디 가서 고주망태라도 됐더란 말인가. 심하게 얻어터진 후 토악질을 해댔는가보다. 부혜는 자신의 입을 틀어막았던 한 손을 얼른 눈으로 갖다 댔다. 옆집에서는 아무런 인기척도 없다.

우리 그이가 워낙 해물을 좋아하거든요. 옆집여자는 툭하면 생선을 튀겼다. 이 집에서 나온 생선 쓰레기라고 동네 사람들이 야

단들이에요. 고양이가 밤새 헤쳐 놔서 목불인견이라구요. 반장여자의 지적에도 옆집여자는 쓰레기봉투를 꼭 현관문 앞에다 내놓았다. 놈들의 앙칼진 울부짖음이 있던 다음날 아침에는 등교하는 여학생들의 외마디 소리와 약수터로 가는 노파들의 구시렁거림이 부혜의 안방 창을 타고 넘어 들어왔다. 웬 놈의 고양이 새끼들이 이리도 난리람, 들고양이가 꾀면 동네에 꼭 변이 생기곤 했잖우. 비린 것을 먹었으면 꼭꼭 싸서 버리든가 해야지. 요새 사람들은 도무지 뒤가 야물지를 못해서 탈이야. 약삭빠르기만 하면 뭐하누.

부혜는 옆집여자가 생선튀김 냄새를 피워내는 저녁이면, 오늘 밤 어쩌면 놈이 나타날지도 모른다는 기대로 바짝 긴장하기도 했다. 놈은 육미붙이의 살점 한 조각조차도 허투루 내버리지 않는 부혜의 옹색함을 조롱하듯이 밤마다 그녀의 창가를 어슬렁대며 카랑카랑 소리를 돋워내고는 했다.

부혜가 세들어 살고 있는 반지하 집 창문들은 거의 지표와 닿아 있어서 부엌 창턱에다가는 운동화를 빨아서 세워두기도 한다. 바깥세상과 소통을 꾀할 수 있는 유일한 곳이라도 되는 듯 그녀는 그 조그만 창문에 매달려 구메밥을 기다리는 수인이 되어 하릴없이 시간을 죽일 때도 있다. 아주 오래전, 부혜가 지하 골방에 숨어 있을 때는 동민이 먹을거리와 일용품들을 가져다주었다.

엄마는, 우중충한 게 무슨 낭만이야? 지하방을 못 견뎌하는 딸 시우는 동민의 오피스텔로 옮겨갔다. 시우의 기억 속에 집은 아파트가 전부일 것이다. 이십 층이 넘는 고층 아파트의 팔부능선쯤에서 잉태되었고 그보다 조금 낮거나 높은 그 언저리쯤에서 태어나고 성장한 공중부양의 세대인 시우에게 축축한 지하방은 지옥의 강처럼 끔찍할 것이다. 딸마저 제 아버지에게 가버리자 부혜는 그들 부녀에게 자신이 지옥의 왕 하데스같은 기피인물이 되고 있는 것만 같아서 쓸쓸했다. 천년만년 어둡고 축축한 지하의 굴속에서 바깥세상과 단절된 채 살아가야 한다면 번지수를 잘못 찾아든 도둑고양이 한 마리쯤 어떠랴.

딸애가 좋아하는 오징어덮밥을 만들어주려고 마트에 들린 동민은 소주 다섯 병을 카트에 집어 담고 특별히 와인 한 병도 골랐다. 칠레산 와인 특판 코너에서 '까베르네 쇼비뇽'이라는 긴 이름을 선택했다. 딸을 위해서 산 것인데 와인에 대한 상식이 없는 동민은 '아비뇽 유수'를 연상케 하는 이름이라 끌렸다. 무려 칠십 년 가까이 본국에 돌아가지 못한 로마 교황청의 디아스포라는 고대 유대인의 바빌론 유수에 빗대어지기도 한다. 제자리로 돌아가고자 하는 열망이 헛되이 식어버려 굳어진 삶, 동민은 와인 안주로 치즈를 고르면서도 잠깐 사색에 잠긴다. 요즘 그의 버릇이다. 영원히 돌아오지 못한 옛 동지들을 떠올릴 때마다 정수리의 통각이 옅은 여진으로 부르르 그를 뒤흔든다. 모를 일이다, 아무것도, 제 자신 삶의 결락 지점을 아무리 짚어보았자 매번 확실한 것이 없다는 열패감만 확인된다.

동민은 딸 시우에게만은 아무런 혐의를 두지 않으려고 노력했다. 하지만 노력해서도 안 되는 게 있다는 걸 딸 시우가 먼저 확인시켜주었다. 그애는 어렸을 때부터 아빠에게 낯가림이 심했다. 아직까지도 그리 살가운 부녀 사이는 아니지만 동민은 그래도 가끔은 부성애가 발동하여 그애를 위해서 손수 요리를 하기도 한다.

동민은 당내에서 박 위원장이 곧 고발 조치될지도 모른다는 불안감이 확산되자 자신의 위치마저 흔들릴까봐 더 전전긍긍하고 있다. 그는 대학 때 이후로는 한 번도 자신의 신념대로 자신의 삶이 진행되지 못했다는 사실을 두고 요즘 따라 더 번민하고 있다. 젊었던 한때의 열정의 대가가 자신의 남은 생에서 총체적인 기류로 작용하고 있다는 것은 동민에게 부당하다 못해 비극적이다. 부혜라는 여자로 인한 뒤틀린 운명 같은 것에 더 화가 났다.

딸 시우가 자신의 비좁은 오피스텔에 와 있는 건 무슨 시위 같기도 하다. 시위로 점철된 자신들의 젊은 날을 딸애가 그대로 답습하는 것 같아, 그런 반골의 유전자를 물려준 건 바로 자신들이라는 사실에 씁쓸하기도 하다. 접이식 간이침대 하나를 간신히 들여놓고 매일 폈다 접었다를 반복 하는 것은 학습이 아니라 생활이다.

이른 아침부터 서른이 다 된 처녀애가 반 속옷 바람으로 팔랑거리는 모습에 동민의 가슴과 눈이 시리다. 직장이든 결혼이든 잘 풀리면 좋으련만, 스물일곱, 골드미스도 아니고 비정규직 알바 인생으로 좌충우돌하는 난간함 삶. 어느새 잉여인생의 처지가 되어 버린 딸애에게 동민은 죄를 지은 것만 같다. 대학 졸업 후 사귀던 남자애를 따라서 외국에 나가겠다고 했을 때, 차라리 그때 내보냈더라면 해외파 고학력 실업자라는 '명분이라도 세워주었을 텐데. 날개도 활짝 펴지 못할 좁아터진 공간을 찾아든 아이, 번지수를 잘못 찾아 날아온 나비 한 마리를 다시 날려 보낼 수 있다면…….

그런데 아이가 너무 맺힌데 없이 자신을 무방비로 노출시키는 건 아닌지, 동민은 딸애의 훤한 허벅지가 염려스럽기도 하다. 하지만 늘 누에고치처럼 몸을 꽁꽁 감싸고 도사리기만 하던 제 엄마를 닮지 않은 게 차라리 다행이다 싶기도 하다.

부혜는 여름에도 발목까지 오는 구부 내복을 입고 자는 여자다. 맨살을 내놓으면 서늘하고 허전해서 도저히 잠을 잘 수가 없다는, 그녀의 변명인지 핑계인지에 대해서 동민은 처음엔 여자들의 흔한 애교적인 결벽 증세라고 봐주었다. 조직의 말단 세포답게 잘 훈련된 철저한 자기단속 정신에 감탄까지 했었다. 그러나 그녀의 그런 자기방어 행동이 동민에 대한 거부감이라고 판명이 되자 그도 자신의 내부에서 저절로 셔터가 닫히는 소리를 들었다. 지가 무슨 동정녀 마리아도 아니고, 조선시대 사대부가의 딸도 아닌 게…….

놈이 뚫어진 방충망 틈새를 비집고 침입해 온 것은 부혜가 밤

외출에서 돌아와 늦은 저녁을 먹고 식곤증으로 나른한 몸을 막 부리고 난 직후였다.

챙그렁, 빈 스텐 냄비가 떨어져 엎어지는 소리가 없었다면 부혜는 그놈의 암팡지고 윤나는 몸매를 볼 수 없었을 것이다. 부혜가 부엌 불의 스위치를 올리자 놈은 움찔 놀라서 허둥허둥 부엌 바닥을 누비고 다녔다. 처음엔 그것이 호랑이 새끼가 아닌가 하여 모골이 송연할 지경이었다. 누런 바탕에 검은 줄무늬가 뚜렷한 외피를 뒤집어쓰고 있는 놈이었다. 당황한 부혜 역시 갈피를 잡지 못하고 발만 동동 구르다가 실내화를 벗어서 부엌바닥을 쩍쩍 내리찍자 놈은 창턱으로 훌쩍 뛰어올라 헤진 방충망 구멍 속으로 달아나 버렸다. 부지불식간의 일이었다. 손가락 두어 마디쯤의 균열 사이로 빠져나갈 수 있는 탄력 있는 몸매였다. 어린 놈의 몸집이 그녀를 향해 덮쳐오는 착시현상 앞에서 몸을 떨었다. 비로소 눈물이 났다. 부혜는 비명 한 번 질러보지 못한 자신에게 연민과 대견함이 범벅된 야릇한 감정이 솟구쳤다. 옆집여자처럼 바퀴벌레 한 마리만 봐도 호들갑을 떨며 남편의 이름을 외쳐 불러대는, 그런 여자들 같았으면 아마 혼절해서 누워버렸을지도 모르는 사건이었으리라. 웬만한 일에도 소리를 지르지 않기, 그건 부혜가 터득한 호신법의 일종이었다.

시우를 혼자 낳던 때도 부혜는 소리 한 번 지르지 않고 잘 참아냈다. 생살을 뜯어내는 아픔에 세상이 떠나가게 악을 쓰는 여자,

남편의 이름을 부르며 저주의 욕을 퍼붓는 여자, 고통마저도 축복받은 산모들 틈에서 부혜는 찍 소리 한 번 내지 못했다. 이빨을 절대 악물지 말라고, 나중에 이와 잇몸이 상해서 못 쓴다고 늙은 산파는 부혜에게 헌 수건으로 재갈을 물렸다. 만일 여자들이 산통의 기억을 송두리째 망각하지 못한다면 두 번 다시 아이를 낳지 못할 것이라고 해산바라지하러 온 여자들이 자신들의 회고담을 늘어놓았다. 시우 이후로는 부혜는 동민과의 사이에서 다른 아이를 갖지 못했다.

 노랗게 들뜬 바람 속으로 K를 보내고 난 동민과 부혜는 낯선 지방의 후미진 뒷골목 여인숙에서 소주병과 함께 사흘 동안이나 뒹굴었다. 그때 만일 동민이 없었더라면 시우도 세상에 나올 수 없었다. 동민은 K에게 억센 경상도 억양을 전수시키려고 카세트테이프까지 준비했었다. 친구의 도피생활을 위해서 마련했던 것들을 동민은 친구의 여자인 부혜에게 주어야만 했다. 부혜가 경상도 여자로 변신을 해서라도 살아남을 수 있었던 것은 뱃속의 아이가 자라고 있었기 때문이다. 여덟 달 후에 태어난 시우에 대해서 동민은 전혀 괘념하지 않았다. 이 아이는 당신의 딸이랍니다…… 동민에게 굳이 그런 확인절차 같은 건 필요 없었는지도 모른다. 부혜에게도 그 사흘간의 남자와 몸 비빔이란 것이 그저 봉제 곰 인형을 안고 뒹구는 것같이 무감각했었다. 바람의 뿌리만큼 질긴 인연과 단단한 운명에 동민과 부혜는 우연히 주파수를 맞췄을 뿐이다.

오늘밤에 놈이 내게 나타난 것도 그저 우연일 뿐이다, 심한 바람이 불었던 것처럼. 부혜는 스무 살 처녀애처럼 놀란 가슴을 쓸어내렸다. 그리고 냉장고에서 소주를 꺼냈다.

굴러 떨어진 빵봉지는 그대로였다. 놈이 달콤한 기름내를 맡은 것이다. 놈이 할퀴고 가지는 않았으나 부혜는 상처를 느꼈다. 마감 세일을 하는 베이커리에서 버터빵을 사가지고 들어와 습관대로 부엌 창턱에다 그것을 올려놓았던 것이다.

젊음의 혈기로 잠수해 버릴 작정으로 얻어 든 것도 아닌 지하의 방에서 마귀할멈이 돼가는 여자, 고양이 새끼에게 당한 수모가 다시금 서러워졌다. 부혜는 두 손바닥을 눈으로 가져다 댔다. 눈앞에 벌어진 살풍경들을 손바닥으로 가리려는 시도는 아주 오래 전에 생겨난 버릇이었다. 두 손바닥을 펴서 눈께로 가져가는 순간 모든 현상들은 그녀의 망막에 자동으로 맺혀지는 것이다. 가시범위의 한계를 벗어나 자유자재로 대상을 포착해내는 착시현상은 그녀에게 늘 따라붙는 감시의 눈길에 대한 반작용 같은 것이었다.

빵봉지를 주워 올리는 부혜의 손이 가늘게 떨렸다. 녀석의 이빨이나 발톱이 닿았을지도 모르는 것, 놈이 노렸던 것이다. 놈의 작은 체구에는 아직 야성의 결기라든가 탐식의 게걸 같은 부랑의 흔적이 묻어 있지 않았다. 어쩌면 어미젖을 갓 뗀 녀석의 첫 출행이었는지도 모른다. 첫 비상에 실패한 바다비오리의 새끼들은 부모로부터 무자비하게 버려진다는데 녀석도 제 어미로부터 혹독한 벌을 받겠지. 며칠쯤 음식을 차단당한 후 허기를 견디다 못해 쥐 잡기에 나서야 하는 건 아닐까. 내몰림 끝에 홀로 서는 독기의 힘, 자립이란 그런 것 아니었나.

부혜는 빵봉지를 뜯었다. 나비야, 나비야, 버터크림이 발라진 빵 조각을 뜯어진 방충망의 틈새로 내밀었다. 아이를 어르듯 한동안 서서 혼자소리를 해댔다. 나비야, 아이, 착하지. 이것 먹고 오늘밤에 울면 안 되지…….

"세상에는 여자를 사랑하는 놈과 국가를 사랑하는 놈이 있다. 그리고 여자를 사랑하지도 국가를 사랑하지도 않는 도인도 있다. 그러나 나는 여자도 사랑하고 국가도 사랑하는 초인이다." 이건 박 위원장이 무슨 오마주처럼 수시로 써먹는 말이다. 동민은 그게 계보도 없는 위원장 저 혼자만의 괴변이라는 것을 알고 있다.

위원장이 이번에 걸린 것은 불법선거자금 때문이지만 사실은 여자 문제 때문이다. 자금줄을 대는 여자를 거슬리게 해서 동티가 난 것이다. 박 위원장에게는 여자들이 대체로 선호하는 얼굴상을 가지고 태어난 것이 부모로부터 물려받은 최대의 부일 것이다. 아직도 그 터무니없는 외모의 자신감을 밑천으로 정치를 하려는 그는 여자들을 대단한 표밭으로 여긴다. '여자도 사랑하고 국가도 사랑하는 것' 그것은 경전철을 끌어온다든가 예술회관을 짓는다는 등의 구체적인 공약보다 훨씬 덜 무책임하며 또 감성적이다. 그러니까 여자와 국가를 적당히 가지고 노는 것, 그게 위원장의 정치 이념이며 인생관일 것이다. 그런 그를 미처 파악하지 못한 건 동민의 실책이다. 하지만 지금 동민은 돌이킬 수가 없다.

만일 박 위원장이 이번 공천에서 떨어진다면 동민에게는 이제 정말 벼랑이다. 세상을 바꾸고 싶었던 순수한 욕망 같은 거, 그런 건 이미 다 전생의 일이었다. 오십 초반이면 남들에게도 다 그런 절차의 삶이 다가왔을 터 마지막 배팅이다, 하고 집까지 은행에 잡혀서 위원장 밑으로 들어왔다. 그러나 지금 그에게 남은 것은 집도 절도 없는 무능한 남편과 아버지라는 오명뿐이다. 그가 지금 살고 있는 열한 평짜리 오피스텔은 박 위원장이 임시 선거사무실로 쓰던 것인데 이것마저도 곧 철수해야 할지도 모른다. 이처럼 위태로운 아비의 처소를 점령해버린 딸 시우가 동민에게는 마치 거머리 채권자의 딸 같기도 하다. 오늘 저녁 마트에서 소주를 다섯 병씩이나 산 건 정말 잘 한 일이라고 동민은 스스로를 위로하며 현관 도어 키의 비밀번호를 누른다.

목불인견이다. 사내놈은 시우보다 더 팔다리가 가늘고 어깨도 좁다. 속살도 창백할 정도로 흰 게 어디 한 군데 믿을 만한 구석이라고는 없어 보인다. 놈에게 시우는 누나도 한참 누나뻘 같은데 하여튼 요즘 세대들은 제 나이 또래하고는 뭐가 잘 안 되는 모양이다. 하고많은 모텔을 놔두고 좁아터진 여자애네 오피스텔에서 헐떡이는 놈에게 무슨 개념이 있을까마는 동민은 그래도 돌아선 사내놈의 뒤태를 꼼꼼히 살펴둔다. 어느 시대나 사고치는 놈들은 다 있기 마련이다. 혹시라도 핏덩이 갓난이라도 하나 턱 안겨 준다면 저놈이야말로 내 삶을 침범한 도둑고양이 같은 놈이 아닐까. 동민은 미리 확인절차라도 밟으려는 듯 허둥거리는 놈을 차분하게 기다려준다. 놈이 내복 가랑이 같은 스키니 청바지를 꿰고 나니 더 애송이 같다. 옷을 다 주워 입은 놈은 무명의 퇴역장교 동상 앞을 지나치듯 동민에게는 곁눈질 한 번 없이 현관문을 열고 유유히 빠져나간다. 시우는 동민과 눈길이 마주칠까봐서 아예 선글라스까지 챙겨서 끼고 나간다.

어처구니가 없다. 어느덧 삼십 년 가까운 세월, 배가 부풀어 오른 부혜를 데리고 나타났을 때 동민의 아버지도 그랬었다. 서울로 대학 보낸 아들의 등록금을 댈 때마다 당신의 금싸라기 논밭을 포기해야 했던 아버지, 동민은 그런 아버지에게 국가라는 대의명분을 앞세워 가슴에다 대못질을 했다. 판검사의 아버지가 되는 것, 온 집안 친척들을 모아놓고 한 번 떵떵거리는 것, 아버지의 꿈은 너무 컸다. 하지만 아버지의 꿈은 아들의 원대한 꿈에 비하면 너무 폭이 좁았다. "야, 야, 니는 절대로 데모하지 마라. 그런 건 다른 아들이 하게 내삐 두고 니는 공부만 하라 카이. 집안 생각 좀 해 도고." "아부지, 나라가 먼저 바로 서야 한다, 아닙니꺼? 우리 집안이 왜 이렇게 대대로 가난했는지 아부지는 생각해 보셨습니꺼?" 동민은 아버지에게도 학습을 시키려 했다. 정의로운 세상을 구현하기 위해서는 학습을 통한 개인의 의식개조가 필요하다고 믿었다.

　아버지의 꿈을 무참히도 좌절시켰던 아들 동민은 자신의 딸 시우에게 자신의 꿈 같은 것을 절대로 추구할 수가 없다. 방금 전까지 남녀가 뜨겁게 뒤엉켰던 침대 앞에서 동민은 한참을 우두망찰하고 서 있다가 부혜에게 전화를 건다.

　"애 좀, 제발 데려가라. 독립을 시키든지."

　"독립? 걔가 무슨 우리들 식민지야? 독립자금이나 좀, 줘 봐."

　동민의 번호가 뜨면 아예 받지도 않던 부혜가 요즘은 시우 때문인지 바로 받아준다.

　"독립자금 같은 거 있으면, 내가 벌써 나라를 하나 건국했겠다."

　동민도 이죽거리기는 막상막하다.

　"위원장인지, 뭔지, 그 사람 빽으로 애 하나 어디다 못 밀어 넣어? 여긴, 굴 속 같아서 싫다고 그리로 훌쩍 이민 가버린 애를 날더러 어떡하라고?"

　그들의 대화는 늘 이렇게 각이 서 있다. 부혜는 해묵은 원망을 독하게 쏟아낸다.

　"여편네와 딸년은 다 신용불량자로 만들어놓고, 지들이, 무슨 민생복지야? 지나가는 개새끼한테나 한 표 달라고 그러시지……"

　부혜가 서점으로 나가기 위해서 서두르던 날 아침, 누군가 작은 방의 유리창을 톡톡 두드리는 소리가 들렸다. 바람이 부는 것이겠거니, 그녀는 아직도 끝나지 않은 황사현상에 대해서 잠깐 생각했다. 아마 타클라마칸을 빠져나온 바람이겠지, 한 번 들어가면 도저히 빠져나올 수 없다는 뜻을 지닌 이름, 그 타클라마칸을 탈출한 독한 바람은 온 천지를 집어삼킬 듯이 날이 서 있다. 하지만 이 미친 바람도 곧 잠잠해지겠지, 언제나 그렇듯 거대한 힘에 떠밀려 온 모래 알갱이들은 이동기류를 따라 자취도 없이 사라지겠지.

형숙이 서점을 맡겨놓고 가버리는 바람에 오전의 리듬이 깨져버린 부혜는 창문이 밝아 오면 속부터 울렁거렸다. 그녀를 짓누르는, 출정을 앞둔 전사처럼 비장해지는 감정의 과장은 형숙이 서점의 열쇠와 함께 쥐어주고 간 봄날의 중압감이었다. 중고등학교가 있는 길목이라서 신학기 참고서를 찾는 학생들 때문에 새벽부터 서둘러 나가야 했다.

토로록 톡톡, 다시 한 번 창문을 긁어 대는 소리에 흠칫 놀란 부혜가 창가로 다가섰다. 만일 그가 나타난다면? 부혜는 지레 숨이 막히는 것 같았다. 그가 처음 나타났을 때도 그랬다. 뿌연 유리막에 누런 놈의 형체가 어른거렸다. 섬뜩했다. 아침부터 느닷없는 놈의 출현이었다. 옛부터 고양이는 요물이라고 했잖우. 약수터로 가는 노파들은 부정 타는 동물이라고 구시렁거리고는 했었다. 부혜는 머리를 빗으려던 참이었으므로 들고 있던 뿔빗을 휘둘러 유리창을 툭툭 쳤다.

황색 바람

저리 가지 못해, 나비야, 얼른 가. 가버리란 말이야. 다급한 사람의 목소리에 놀란 듯 놈은 후다닥 내빼는 것 같았으나 이내 다시 돌아와 얼쩡거렸다. 웃기는 녀석이네, 같이 놀자는 건가. 부혜는 경망스레 뒤뚱거렸던 잠깐의 감정이 진정되는 것 같았다. 그동안 밤마다 놈을 향해 추파처럼 빵 조각을 던지며 주절대던 독백이 공염불이 아니었다는 생각으로 흥건해지는 기분까지 들었다. 동화 속의 이야기가 동화 밖 현실에서 구현된 것 같은 가시적인 현상 앞에서 흥분이 일었다.

혹시 장화 신은 고양이는 아닐까. 부혜는 창문을 열었다. 놈의 발에 신겨진 빨간 장화를 보고 싶었다. 시우가 아기였을 때 「장화 신은 고양이」라는 동화를 자주 읽어 주었다. 재산 상속 순위에서 다른 형제들에게 밀려 고양이 한 마리만 달랑 받은 주인에게 그 고양이가 복을 가져다주는 이야기인데, 속임수를 써서 얻는 행복이라도 결말은 달콤했다. 어린 시우를 이해시키기에는 무리가 있는 내용이었지만 아이는 빨간 장화를 신은 고양이 그림을 무척 좋아했다.

부혜는 형숙이 서점을 인수하라고 했을 때 넘겨받을 걸 그랬나 보다고 가끔 아쉬워할 때도 있다. 동민이 박 위원장에게 갖다 바친 아파트 한 채 값에서 반쯤만 떼어주었어도 '한양문고' 같은 동네서점 하나는 차릴 수도 있었을 것이다. 그러나 소규모의 동네 장사들이 이미 다 망해가는 판국에 모험을 할 수는 없었다. 게다가 무엇보다도 부혜는 대여섯 평 남짓의 책방에서 책 읽는 여자로 앉아 있는 자신의 모습은 상상하는 것조차도 싫었다.

정물화 속의 여자, 액자 안에 갇힌 여자의 얼굴에는 사과나 배 같은 과육의 질감을 표현하기 위한 붓의 터치가 전혀 묻어있지 않았다. 형숙의 첫인상이 그랬다. 부혜의 기억 속에서 사방의 벽면이 책으로 둘러싸였던 골방의 시절을 지워버린다면 그녀는 밀랍 인형이 될지도 모른다. 공평한 세상에 대한 이론서들, 표지가 뜯기고 그럴싸하게 포장된 금서들이 꽂혀 있던 책장들이 그 무게를 가까스로 견디며 버티고 섰던 지하의 공간들. 그 시절에 대해서 회상한다거나 언급한다는 것이 얼마나 따분하고 진부한 일인가. 이젠 그 침묵조차도 의미가 없는데.

〈1939년 6월 20일 충남 서천 출생(남), 동국대 법대 3년 재학, 1960년 4월 19일 경무대 앞에서 대통령에게 의사전달을 간청하다 총상 사망, 부 이○○ 모 한○○. 1939년 2월 11일 경북 영천 출생(남), 고려대학 상대 2년 재학, 소방차에 탑승 시위 중 총상, 동년 4월 21일 서울대학 병원에서 사망, 부 송○○ 모 김○○……〉 동민은 비석에 새겨진 묘비명을 찬찬히 읽어 나간다. 역사 속에 함몰된 수많은 개인사들을 유추해낸다.

황사바람은 한바탕 광기로 분탕질을 치고 지나갔다. 4·19 국립묘지 공원 안에는 모래바람 속에서도 의연하게 싹을 틔우고 꽃

망울을 매단 화초들이 잘 정리된 제자리를 지키고 있었다. 내일 오전에 박 위원장을 모시려면 동민이 먼저 답사를 해두어야 한다. 선거철이면 정식요리의 코스같이 치러지는 참배의 행렬도 애국심과는 별개인 요식행위일 뿐인데 후보자들은 빠짐없이 4·19 국립묘지를 찾는다.

〈부(夫) 김○○ 1939년 11월 26일 충북 음성 출생, 중앙대학교 약학과 3년 재학, 1960년 4월 19일 세종로 시위 도중 총상, 같은 날 서울대학 병원에서 사망, 부(婦) 서○○ 1938년 3월15일 경기 용인 출생, 중앙대학교 법학과 2년 재학, 1960년 4월 19일 내무부 앞 시위 도중 경찰에 연행, 1960년 7월 2일 사망, 1960년 11월 11일 영혼 결혼, 1995년 11월 19일 합장〉

영혼결혼이라는 단어를 비문에서 읽는 동민은 어떤 신화의 현장에 와있는 듯한 착각에 빠진다. 그는 지인이라도 되는 듯 그 앞에서 발길을 돌리지 못한다. 이들은 지금 함께 살고 있으리라, 이세상 밖 그 어디에서, 몸과 몸을 부딪치며 소요하고 야합하는 곳이 아닌 살과 살을 섞어야만 비릿한 쾌감을 느끼는 육(肉)의 세계가 아닌 그곳에서, 잠들어 있어도 생생한 절명의 구역에서 이들은 영원히 살아 있으리라.

동민은 표지판의 안내에 따라 '유영 봉안소'에도 미리 가본다. 한쪽 벽면에 그 당시에 유명을 달리한 이들의 영정 사진들이 가득 걸려 있다. 대개가 앳된 얼굴들이다. 저들의 젊음이 타오르며 열망했던 것은 무엇이었나.

　동민의 시대에도 그들은 너무나 뜨겁게 타올랐다. 사랑도 명예도 이름도 남김없이 한평생 나가자던 뜨거운 맹세, 동지는 간데없고 깃발만 나부껴 새날이 올 때까지 흔들리지 말자…… 동지는 간데없고 깃발만 나부껴, 그 대목을 외칠 때면 목구멍에서 뜨거운 것이 확 끼쳐 올라와 온몸을 일시에 달구어버렸다. 불의 전차가 되어 달리던 시절, 앞서서 나가니 산 자여 따르라, 산 자여 따르라…… 앞으로 나갈수록 차고 단단해지던 시간들이었다.

　떠난 사람들이 남겨놓은 몫은 그것을 분담해야 할 사람들에게 여전히 분쟁의 여지만을 안겨줄 뿐이다. 실질적인 이익분배도 아닌 그것이 발휘하는 가치는 남겨진 사람들에게는 엄청난 치사량이 되었다. 그것들 사이에서 반사이익을 얻는 부류가 건재할지라도 이 세상은 늘 그런 공존의 그늘 속에서 바람이 불고, 지었던 꽃이 다시 피고 있다.

　한 무리의 참배객들이 몰려온다. 카메라맨이 따라붙는 것으로 보아 그들 역시 이번 선거와 관련된 당원들일 것이다. 동민은 그들 일행을 피해서 자리를 뜬다. 카메라만 보면 고개를 돌려버리는 것도 동민의 오래된 습관이다. 감시망을 벗어난 것 같아 안도의 숨을 내쉬며 하늘을 올려다본다. 이른 봄날 오후의 희끗한 햇빛에 눈이 찔린 동민의 눈꺼풀이 파르르 경련을 일으킨다.

　"동지, 아직도 꿈을 꾸시오? 우리의 시대는 아프고도 뜨거웠지

황색 바람　161

만 지금은 분노밖에 없지 않소." K의 눈빛은 형형하다 못해 동민을 찌를 듯하다.

"친구, 나는 분노 같은 것도 모르오. 나는 다만 살아갈 뿐이오. 나, 정동민은 꿈꾸지 않소. 이렇게 꿈속을 살고 있는데, 왜 애써 꿈을 꾼단 말이오? 친구와의 약속, 그것이 유일한 꿈 밖의 것이오." 동민이 반가워서 다가가지만 K와의 거리는 영 좁혀지지 않는다.

"아, 그렇군, 고맙소. 나는 혁명보다 더 독한 과업을 동지에게 맡겼소. 그것이 다만 꿈 밖의 일이라면 나는 아직도 너무나 긴 꿈을 꾸고 있는가 보오." K의 희미한 얼굴이 한 순간 시우의 얼굴과 겹쳐지면서 영화의 페이드아웃처럼 사라져 버린다.

황사현상은 일 주일도 넘게 계속되고 있다. 사람들은 모두 가면 같은 마스크를 쓰고 망나니같이 날뛰는 모래바람을 피해 다니고 있다. 형숙은 어디서 이 미친 바람을 맞으며 쏘다니는지 아직도 돌아오지 않고 있다.

과거의 남자일 뿐이라고 일컬어지던 그 남자는 늘 대단한 기류를 몰고 나타나고는 했다. 형숙이 그 남자의 전화를 받고 사라질 때마다 부혜는 배반의 감정에 사로잡혔다. 흙먼지로 온 천지가 뿌옇게 뒤덮인 봄날, 혼자 남겨진 부혜에게 심란함은 이미 익숙해진 감정이었다.

형숙에게서는 아주 가끔씩 심한 황색 바람의 냄새가 났다. 그녀와 함께 치열한 시대의 한 지점을 통과해 왔거나 삶의 한 궤를 같이 했던 동류의 사람들에게 남아 있는 지독한 냄새, 그것은 아직도 떠도는 자들이거나 떠도는 자를 은닉하고 있는 공범자들에게서만 풍기는 비정함의 기류였다. 늙은 고양이의 처절한 탄식 같은 비릿한 슬픔의 냄새였다. 그건 분명 자신의 내부에서 꿈틀대는 불기운을 삭히기 위해 주기적으로 발작을 일으키는 황색 바람의 가쁜 숨결이었다. 때론 신열과도 같이 달뜨고 음습한 기운이었다.

엄마, 형숙이 아줌마, 그 아줌마, 엄마 친구 맞아? 그 아줌마가 엄마보다 열 살쯤 젊어 보이는 거 알아? 시우에게는 황색 바람 같은 건 한갓 기후현상일 뿐이다. 지구 생태계의 파계로 인한 이상기후는 시우하고는 상관도 없는 그저 자연스런 고약한 날씨일 뿐이다.

중국 북부의 황토지대에서 고공으로 불어올라 미세한 모래먼지의 입자와 함께 하늘을 떠돌다가 한반도에까지 상륙한다는 바람의 위력, 온 천지에 그 희뿌연 모래바람이 불고 있다. 삶이란 거대한 힘의 작용에 의한 이상기류에 휩쓸려 가는 작은 물결들의 몸부림이 아닌가. 그가 만일 다시 나타난다면, 형숙의 남자처럼 몽환의 상태에서 현실의 얼굴로 가끔씩 불쑥 찾아온다면? 부혜도 형숙처럼 과거의 남자일 뿐이야, 라고 당당하게 그를 대면할 수 있을까.

K가 연행되어 갔다는 소식을 전해들은 날도 상공을 뿌옇게 뒤덮은 황사현상이 일어났다. 초등학교 때, 학교에서 나눠준 구충제 산토닌을 먹고 잔 다음날 아침에 눈을 떠보면 세상이 온통 몽롱한 가운데 문창호지가 노르스름하게 물들어 있었다. 하늘이 파랗지 않고 노르스름하게 보이면 드디어 뱃속에서 회충이 다 죽어버린 것이라고 낄낄대며 흐느적거리는 걸음으로 학교엘 갔었다.

그놈아가, 그놈아가 오늘 새벽에, 새벽에 고만 잡히들어갔다 캅니다. 그의 친구의 다급한 목소리를 듣고 부혜는 조용히 지하 사무실을 나와 경부선 기차를 탔다. '새 날이 올 때까지 흔들리지 말자'고 의연함의 갑옷으로 무장했던 K, 절망으로 무너지며 끌려갔을 그. 그때도 하늘은 노란 혼돈의 색감으로 젖어 있었고 세상은 갑자기 희뿌옇한 몽롱의 상태로 정지됐었다. 차창 밖의 풍경들이 흐느적흐느적 그녀를 스쳐갔다.

아침밥을 먹으면 회충이 다시 살아난대…… 어린 부혜는 마른 침을 삼키며 헐렁한 치맛단을 움켜쥐고 울퉁불퉁한 뚝방길을 걸어서 학교로 가고 있었다. 이 바보야, 나는 전에 아침밥을 먹었는데도 회충이 열 마리나 나왔단 말야. 너도 빨리 변소에 가봐. 부혜의 뒤꽁무니에서 치맛자락을 자꾸만 들치며 낄낄거리던 그애들은 꼭 마귀새끼들 같았다. 채변봉투를 가져오지 않았다고 돌려보내던 선생님보다 더 끔찍스럽게 밉던 사내아이들, 그애들은 천성이 그랬던 걸까. 유들유들 웃으면서 고문을 가하던 지하실 사내들의 얼굴 위로 마귀새끼들같이 끔찍했던 그 사내아이들의 얼굴이 겹쳐오곤 했었다.
 부혜는 영동역이라는 안내방송이 들리자 생의 마지노선에 왔다는 절박감으로 진저리를 쳤었다. 경상도로 진입해 가기 위한 마지막 관문이 영동역이었다. 그쪽 편에 몸을 숨기는 게 안전할 수 있다는 최후의 결론이 나왔던 것이다. 기차 안의 창문들은 모두 잠금장치로 고정이 되어 있었다. 부혜는 아무리 꽉 막힌 세상이지만 꿈을 꿀 수가 있었다. K와 함께라면 어디든 내달리다가 외진 모서리에 머리를 들이받고 쓰러져 그와 함께 장렬한 최후를 맞고 싶었다. 달리는 동안은 결코 열리지 않는 열차의 자동문들, 뛰어내릴 수도 없었다. 그를 지켜주지 못하고 결국 그렇게 사지로 보내야만 했었는가.
 부혜는 지금도 기차를 타면 혼자 질주하고 있다는 강박감으로 숨이 차곤 한다.

 "여기가 박형숙이 그년이 하는 책방 맞지요? 그년, 지금 어딨어요? 뻔뻔스러운 년, 왜 아직도 그러고 사는지 몰라……"
 전화 속의 여자는 예의바르고 앳된 듯했었는데 서점의 문을 밀고 쳐들어온 여자는 감때사납고 나이 든 여자였다. 그러니까 전화를 걸었던 여자는 친정엄마라는 원군과 함께 나타난 것이다.
 "저, 손님들도 있고 하니까 말씀을 좀, 그리고 지금은 주인이 안

계시니까 나중에 오시는 게 어떠실지요?"

부혜의 너무 침착한 태도가 사태를 악화시키고 말았다.

"댁은 주인도 없는 데서 뭘 그렇게 유세를 떨어요? 우리가 지금 교양 찾을 형편인 줄 알아요? 여기 박형숙이 년은 늘 책만 보고 사니까 그렇게 교양이 남아돌아서 남의 남자하고 놀아나는 모양인데, 세상이 이래도 되는 거예요?"

바락바락 악을 써대는 늙은 여자의 분통은 극점에 다다른 듯 쌍심지가 켜진 두 눈에서 푸른 광채가 뿜어져 나왔다.

세상이 이래도 되는 거예요? 그래서는 안 되는 게 세상이었다. 제대로 돼먹지 않은 세상은 폭언과 폭력의 세례로서만 구원받아야만 했다. 노파는 정의의 사도로서 준수해야 할 행동강령을 이행하기 시작했다. 쓸어버려야 할 것들, 세상이 확확 돌아가는데 별반 소용이 되지 못하는 것들은 쓸어버려야만 했다. 진열대의 책들이 흩어졌다. 아직 정리되지 못한 채 쌓여있던 신간 만화책들이 쏟아져 내렸다. 삽시간에 부혜의 머리 위로 위악의 세상이 무너져 내렸다.

세상 무서운 줄을 알아야지. 세상이 뭐 그렇게 호락호락한 줄 알았어? 그런 정신 나간 것들, 썩어빠진 것들은 모조리 한 방에 날려버려야 한다구…… 광풍의 회오리 속에서 난무하는 외침소리는 한 노파의 것이라고는 믿기지 않을 만큼 쩌렁쩌렁 울렸다.

형숙이 돌아왔다. 이번엔 좀 길었다. 현상수배에서 풀려난 것 같은 그녀는 서점의 매상과 재고 따위에는 관심도 없고 찾아온 사람과 전화 온 사람만 캐물었다. 고비사막 종주라도 하고 온 모양이다. 그녀의 너덜해진 암갈색 스웨이드 반코트 자락에서는 구운 소금의 향내가 풍겨 나왔다. 한 덩어리로 엉겼다가도 허랑한 극점을 정확히 알고 풀어진 몸과 마음은 제 자리로 돌아올 수 있었을 것이다. 소금 항아리 앞에서 무릎을 꿇을 수밖에 없었던 마른 낙타는 알몸으로 빠져나가고 가죽자루같이 무너진 한 벌 옷만 걸치고 돌아왔을지라도 그녀는 당당했다.

"……그럼, 내일부턴 나, 안 나가도 되는 거지?" "부동산에서 내일, 사람이 오기로 했어." 형숙은 서점을 접기로 한 모양이다. 깊은 밤, 형숙과 긴 전화통화를 끝낸 부혜는 오랜만에 느긋한 기분으로 티브이를 켠다.

마감 뉴스 화면에서는 박 위원장이 연행되는 장면을 보여주고 있다. 증거인멸과 도주의 위험 때문에 불가피하게도 구속 수감이라는 리포터의 해설과 함께 뉴스는 빨리 끓는 전기주전자처럼 저 혼자 요란한 쉿 소리를 내고 있다. 장마철도 아닌데 한국에서 멀리 떨어진 남미의 어느 해변을 쓰나미 해일이 덮쳤다는 사건보다도 이슈가 되지 못하는 꼭지를 가지고 왈가왈부하기, 이건 선거철이 다가오면 일어나는 크고 작은 해일의 기류일 뿐이다. 아마 기상예보도 없는 너울성 해일이 앞으로 서너 개는 더 들이닥치겠

황색 바람

지…… 리모컨을 부여잡은 부혜의 손아귀에 힘이 들어간다. 곧 들이닥칠지도 모르는 천재지변으로부터 자신의 안방만큼은 지키기라도 하려는 듯 티브이 화면을 꺼버린다. 지구의 자전마저 정지된 듯 고요하다. 밤 토끼처럼 예민한 부혜의 귀에 쿵, 작은 움직임이 감지된다.

현관 바닥에는 동민이 쓰러져 있었다. 낮은 조도의 불빛 아래서도 머리숱이 듬성한 그의 뒷머리통이 부혜의 시야에 먼저 들어온다. 쉬익, 쉬익, 거친 숨소리가 새어나올 때마다 술 냄새도 진동한다. 그의 어깨를 안아 일으키는 부혜의 손에 과민한 노기의 힘이 실려 있다. 옆집에 신경이 쓰였다. 아저씨는 따로 계세요? 안 봐도 비디오라는 듯 힐끔거리던 옆집여자가 지금 제 집 현관문 틈새에서 귀를 쫑긋 세우고 바깥을 염탐할 것이다. 부혜는 무거운 짐짝 같은 남자를 간신히 끌어서 안으로 들인다.

"야, 차부혜! 너 이러는 거, 아주 재수 없거든. 니가 무슨 잔다르크냐? 그래, 그때 화형식이라도 시켜주었어야 하는 건데. 그때 널 그냥 두었으면 역사 속의 열사가 되었겠지. 내가 널 택한 건 내 오만 때문이었어. 정의, 의리, 그런 건 없었어. 다 괴물이야. 실체도 없는……"

술이 취하면 늘어진 카세트테이프처럼 징징거리는 동민의 버릇은 예나 지금이나 변한 게 없다. 부혜는 자신의 추리닝 바짓자락을 움켜쥐고 늘어지는 동민의 손을 뿌리치며 걷어낸다.

미~야옹, 미~야옹, 부엌 창 쪽에서 익숙한 놈의 소리가 들려왔다. 고저의 장단과 여운의 박자까지 분명한 놈의 소리는 동민의 칭얼거림에 뒤섞여서 기이한 화음의 조화를 이뤄낸다. 나비야……, 부엌 창 쪽으로 다가서려던 부혜는 여름이 오기 전에 터진 방충망을 갈아야겠다고 벼르며 그냥 돌아선다.

"아, 엿 같아. 다 굳어버렸어. 이제 엿이나 먹으래. 마그마나 도그마의 세상, 내겐 이제 그런 건 없어."

"제발, 그 잘난 척, 말하지 좀 마. 당신은 지금 고구마도 아니야."

"뭐? 고구마, 그래, 나는 고구마도 아니었어. 하지만 고구마 그거, 나한테는 그것도 과업이었어. 아니지 아냐. 내가 무슨 비밀 공작원이냐? 아니었지……"

동민은 부혜가 숨어 있던 지하 골방으로 고구마 한 자루를 가지고 왔었다. 입덧이 심한 부혜를 위해서 그는 집안에서 아껴두었던 씨고구마를 훔쳐다 주었다.

"고구마, 그거 우리 어머니가 좋아하시건 건데. 아, 어머니, 당신 아들 정동민은 이제 고구마도 아니랍니다. 차부혜, 이 여자가 그러는데 저는 이제 고구마도 아니랍니다. 어머니……" 어린아이의 옹알이같이 이어지는 동민의 주사는 아무래도 밤을 새울 모양이다.

미이야~옹, 미이야~옹, 그 놈은 부엌 창문에다 대고 더 애절하고 처연하게 바튼 소리를 쏟아낸다.

물고기 종점

물고기 종점

　　　　　　아무리 뒤져봤자 난수표의 암호 같은 숫자
들뿐 전화번호 같은 것은 없다. 속지의 맨 뒷장에 찍힌 '양지사'
라는 회사명과 전화번호를 발견해냈지만 그것은 수첩을 만든 제
작사의 것이다. 박은 수첩장 넘기기를 그만 멈춘다. 뭉툭한 손가
락 끝에 자꾸만 침을 묻혀야 하는 게 어쩐지 굴욕스럽다. 가장자
리에 둘러쳐진 금박 장식선 때문인지 검은 비닐 케이스의 수첩은
제법 고급스럽게도 보인다. 미색 노트지를 넘길 때마다 사브락 사
브락 소리가 난다든가 삽삭한 잉크 냄새가 나는 것도 같다. 선물
을 받은 것일까. 아니면 뭐, 문구점에서 사내가 직접 구입할 수도
있었겠군. 박은 수첩의 주인이 남자라고 쉽게 단정한다. 띄엄띄엄
써놓은 숫자들에서 한때의 의기양양했던 어깨선을 타고 흐르다

뭉쳐진 악력이 느껴진다. 달력 칸의 숫자들을 얼핏 조합해보니 그 달 그달의 생활비이거나 대출금과 신용카드 금액 따위인 것 같다. 그는 부주의한 여자들이 떨어뜨리고 내린 화장품 콤팩트를 한 번 열어보고 닫았을 때의 구질했던 기분이 치밀어 올라 수첩을 탁 닫아 버린다.

"됐어요, 됐어." 여자는 그때 신경질적인 반응을 보이면서 전화를 딸깍 끊어 버렸었다. 핸드백이라고 보기엔 좀 크다 싶은 가방이었다. 여자의 화장품과 속옷, 콘돔과 남자 속옷도 들어 있었다. 조금 노여워진 박이 다시 전화를 걸어 좀 더 친절한 목소리로 습득물에 대한 설명을 했더니 "형씨도 참, 되게 할 일이 없으시외다……" 여자의 남자가 목소리를 깔고 나왔다. 이건, 한낮인데도 여자 옆에 붙어 있는 놈팽이로군. 박은 의기양양해지기 시작했었다. 이보슈, 나는 뭐, 할 일이 없어서 이러는 줄 아슈, 오라, 밀월은 끝났으니까 이 따위 가방은 이제 필요 없다, 이거시군…… 박도 느물거리며 목소리를 깔았다. "쓰레기통에 쳐 넣든지 말든지 알아서 하라니깐, 왜 자꾸 전화질이야? 당신 같은 인간들, 내 다 아는데 어디다가 개수작이야!" 격앙된 남자의 목소리가 마구 흔들렸다. 지나치게 자기방어적인 놈들은 그저 아마추어 정도라니까. 박은 키득키득 웃으며 전화를 끊었다. 그 뒤로 그는 두세 번쯤 전화를 더 걸었을 것이다. 아마추어 남자는 더 이상 전화기를 낚아채지 않았다. "고맙습니다. 그쪽 버스회사 사무실에다 좀 맡겨놓아 주시겠어요." 여자는 의외로 차분하게 대처하기도 했다. 삼세 번이라 생각하고 마지막으로 전화를 했던 날, 여자는 습득 당시의 정황과 습득자에 대한 신상을 꼬치꼬치 캐묻더니 아주 공식적인 목소리로 "너, 자꾸 이러면 나도 가만있지 않는다."라고 명토 박듯 또박또박 반격을 가하고는 후훗 웃으며 전화를 끊어 버렸었다.

 습득물 일지를 쓰고 사무실을 나오는 박의 목덜미가 찌뿌듯하다. 정비고쪽에서 뿜어내는 검은 연기가 코끝에 매캐하게 시비를 걸어온다. 그는 식당으로 가던 발길을 되돌려 연수탕으로 옮긴다. 그저 그런 구내식당의 메뉴를 떠올리자 신트림이 올라온다. 문수암 공양간의 구수한 된장국 생각이 간절하지만 점심공양 때가 이미 끝나버렸으니 휘적거리고 올라가봐야 속만 더 쓰릴 것이다. 매연에 절은 길바닥과 누런 먼지를 뒤집어쓴 낮은 층수의 건물들. 늘 세수를 하나마나인 너무 오래 데리고 살아 온 여편네들의 면상이나 다를 바 없는 풍경들이다.
 미친 여편네, 오늘은 어디 가서 처박혀 있는 거야. 문수암 뒷산에서 또 낮잠이나 퍼자는 모양이다. 그러다 또 어느 놈팡이한테 육보시나 하고 내려오겠지. 박은 기름 때로 얼룩진 차부바닥에서 나뒹굴고 있는 종이컵 하나를 힘껏 걷어찬다. 그 여자가 보이지 않는 것도 오늘 그에게는 괜한 심통거리가 된다.
 저 미친년, 에이, 재수 없어. 동신운수 기사들은 모든 사나운 일진이 그 여자 때문인 걸로 믿는다. 저 미친년, 저걸 좀 어떻게 처치 못하나...... 가벼운 접촉사고도 다 그 여자 탓이다. 깐깐한 보험회사 직원들이 사고의 경위에 대해서 물고 늘어지기라도 하면 동신운수 기사들은 그 여자에게 더 한층 적의를 드러낸다. 육두문자를 마구 쏟아내며 길길이 뛰는 그들은 풀 데 없는 욕정에 반 미친 수캐처럼 이성적이지 못할 때도 있다.

⚜

〈지나친 애정 표현을 삼갑시다〉 찜질방과 모텔방에 대한 개념도 모르는 사람들. 방마다 내걸린 불조심 표어 같은 구호에 박은 실소를 터트린다. 어둑한 실내로 들어설 때마다 그는 매번 쩔쩔맨다. 달궈진 철판 위를 걷는 오리처럼 엉덩이를 뒤로 뺀 채로 호들갑스럽게 발바닥을 뗐다 부쳤다 하던 그가 한쪽 구석으로 가서 앉는다. 물을 흠뻑 적셔가지고 온 수건으로 얼굴과 목덜미를 닦는 그의 손길이 과장스럽게 바쁘다. 여자들을 너무 의식한 탓이다. 유원지 입구라 휴일 말고는 한낮부터 땀을 빼러 오는 사람들이 그리 많지는 않다.

뭉쳐 앉아있는 세 명의 여자들. 박의 시선은 이내 여자들을 포착해 낸다. 그녀들은 분명히 다리를 모으고 앉아 있다. 박의 눈이 순간 빛난다. 앉는 자세로 처녀를 구분할 수 있다? 아직도 내가 이런 구태의연한 척도의 수호자라니, 내가 너무 많은 상식을 과식했지. 그는 양반다리 자세를 고쳐 앉으며 짐짓 여자들을 외면하는 척한다.

가랑이가 벌어지는 각도에 따라서 버진을 구분할 수 있다는 처녀 감별법. 지금의 여자들에게는 코웃음 거리도 못 되는 한심한 분별법이겠지만, 어쨌든 남자들한테는 그게 거의 정설처럼 받아들여지던 때가 있었다. 그래서 병아리 감별사처럼 남자들은 여자들의 가랑이를 늘 궁금해 하고는 했다.

머리에 분홍색 수건을 쓰고 있는 저 여자, 찜질방으로 밭을 매러 온 것도 아닌데. 박은 수건 쓴 여자에게서 황망히 눈길을 거둔다. 여자에게 한낮의 폭양이나 그보다 더 무서운 타인들의 시선을 가릴 수 있는 것은 수건 한 장뿐이었다. 그 여자의 아버지는 딸을 비구니로 만들겠다는 확신도 없이 여식의 머리를 박박 밀어버렸다. 속세에서 시집도 안 간 처녀가 머리를 깎인다는 것은 이미 그녀의 품행에 치명적인 결함이 있다는 것을 만방에 고하는 일이었으므로 그 여자는 한동안 칩거 생활을 해야만 했다. 손바닥으로 하늘 가리기만큼 무모했을지라도 그때 그 여자에게는 수건 한 장이 생의 전부였을 것이다.

머리카락이 초록색으로 빛나는 또 한 여자, 그리고 검은 머리의 여자. 그녀들의 나이는 엇비슷해 보인다. 반바지 아래로 반 이상이나 드러난 허벅지와 종아리는 아직 변장을 할 만큼 나이의 흔적이 묻어 있지는 않다.

"삼십 대는 분장, 사십 대는 변장, 오십 대는 뭐라고 했지?"
"오십 대? 오십대는 무장이지, 뭐."
세 여자들이 수선스럽게 웃는다. 검은 머리의 여자가 벌렁 드러눕더니 양다리를 번갈아가며 들어올렸다 내리기를 반복한다. 초록머리 여자도 별안간 가랑이를 한껏 쩍 벌리고 양손을 늘려 발목을 잡은 다음 자신의 머리통을 그 벌어진 가랑이 사이에다 쑤셔박는 동작을 한다. 티브이에서 봤던 요가체존지, 뭔지 그게 저렇게 공공장소에서 떨어대는 공식적인 오두방정인가. 박은 속으로 혀를 끌끌 차면서도 오금이 저려오는 남성의 본능을 정수리에서부터 찌릿하게 느낀다.
"요즘 몸이 많이 굳었어."
"원래, 자주 쓰지 않으면 굳게 돼 있어."
박은 자주 쓰지 않는다, 라는 초록머리 여자의 말에 허를 찔린 것만 같아 찔끔한다.
아예 바닥에 뻗어 누운 검은 머리 여자는 허리를 곧추세우고 허공에다 양다리를 뻗어올려 자전거 타기를 계속 해댄다. 초록머리 여자도 쑤셔박던 머리통을 들어서 다시 뒤로 꺾는다. 분홍수건을 쓴 여자만이 반가부좌의 경직된 자세로 앉아서 허리만 조금씩 비틀어 본다. 뱃구레가 절구통만한 초로의 여자가 그들 세 여자들의 동작을 유심히 바라보고 있다. 젠장, 요즘 같은 세상에 처녀가 어딨어. 박은 가볍게 실망한다.

"그럼, 육십 대는 뭐야? 끝장인가?"

질문과 함께 답을 내놓은 초록머리가 허리를 비틀며 웃는다. 뭐, 끝장, 육십 대가 끝장이라고? 박은 여자를 한 대 쥐어박고도 싶지만 반가부좌로 자신의 자세만 고쳐 앉을 뿐이다. 하긴, 이젠 마을버스에서도 받아주지 않을 것이다.

분홍색 수건을 머리에 쓴 그 여자도 고개를 뒤로 꺾으며 따라 웃는다. 검은머리가 웃음을 뚝 그치고 분홍색 수건을 쓴 여자의 머리를 향하여 검지를 쑥 빼 보인다. 수건이 반쯤 벗겨진 여자는 얼른 두 손바닥으로 자신의 머리통을 감싸 쥔다. 초록머리가 친구의 어깨 위로 흘러내린 분홍색 수건을 고쳐서 여며준다. 분홍색 수건으로 다시 머리를 단단히 싸맨 여자는 분홍 두건을 쓴 무사로 새로 태어난 것 같다. 수건이 흘러내리지만 않았어도 그 여자는 머리카락이 무성한 보통의 여자들과 다를 바가 없었을 것이다.

박은 마침내 숨이 차기 시작한다. 아무 여자에게나 다가가 그 여자의 무릎을 베고 눕고 싶다.〈자수정은 높은 강도의 원적외선을 방사하여 신경통, 관절염, 신장강화 및 당뇨병에 효력이 있으며 대뇌 활동을 촉진시켜 두통, 편두통에 효과가 있습니다〉업소 측의 친절한 문구가 오늘따라 그의 눈에 거슬린다. 완전 만병통치네, 종합병원이 따로 없군. 마른 새우 자세로 꼬부라져 누운 그는 마취제를 맞은 듯 스르르 잠에 든다. 등줄기에 발광물질의 띠를 두르고 있는 물고기가 잠시 눈앞을 스쳐간다. '초록 물고기'라는 영화의 제목을 처음 대했을 때처럼 그의 머릿속에서 뽀글뽀글 기포가 일어난다.

⚜

〈유리를 치지 마세요, 물고기들이 기절합니다〉 수족관 유리벽 한쪽에 경고성의 글귀가 붙어 있었다. 물고기들이 기절을 한다? 박이 손가락을 까닥까닥 놀려서 유리 표면을 두들길 때마다 알록달록한 물고기들이 달아났다. 그는 주위를 살펴가며 혼비백산해서 달아나는 물고기들에게 자꾸만 장난을 치고 있었다.

새 생명의 출현을 기다리는 사람들은 모두 초조하고 초췌해 보였다. 대기자들의 대부분은 초로의 여자들이었다. 젊은 남자는 박과 가죽점퍼를 입은 남자뿐이었다. 여자는 어머니가 되어야 비로소 여자로 완성이 되는 것이고 남자는 전쟁에 나가봐야 남자로 완성이 되는 것이라고 가죽점퍼 남자 옆에 앉은 중절모의 노인이 말했다.

그렇다면, 아버지는 영원히 전쟁터에서 헤메었던 것이다. 제 자식이 태어나던 날에도 코빼기 한 번 안 비친 인간이 바로, 니 애비다…… 아들이 구구단을 다 외울 때까지 어린 박의 어머니도 그렇게 외워대고는 했다.

예쁜 공주님이에요. 공식적인 웃음을 짓는 간호사가 그 애 엄마의 이름을 부르면서 보호자를 찾았을 때 박은 자신이 두 모녀의 보호자이기라도 한 듯 대기석에서 벌떡 일어섰다. 아이, 누가 또 장난질 쳤어요? 다른 간호사가 조금 신경질을 부리면서 뜰채를 가지고 나와 물고기 한 마리를 건져냈다. 기절한 것인지 죽은 것인지, 어쨌든 물고기는 박 자신이 치른 전쟁의 부산물 같았다. 중절모를 벗은 노인이 그에게 다가와 축하의 악수를 건넸다.

뜰채를 든 간호사가 그들 곁을 스쳐서 화장실 쪽으로 갔다. 박은 물고기들을 향하여 무심코 손가락을 까닥까닥 놀려댔던 것만큼이나 함부로 치근대곤 했던 옛 여자들의 얼굴을 떠올려봤지만 훼손된 암각화처럼 희미하기만 했다. 이미 어둠이 내린 병원 복도의 유리창엔 크리스마스 장식 트리의 불빛만이 선명하게 깜빡거렸다.

그 애의 엄마는 자기보다 뱃속의 아이를 먼저 살려달라고 애원했었다. 피치 못할 경우가 생기더라도 병원 측의 책임은 아니라는 뜻의 의사의 권리장전 같은 수술확인서에 박은 어쩔 수 없이 서명을 했었다. 만약의 경우 대개의 아빠들은 산모와 아이 중에 누구를 택하는가? 사지선다형의 문제에 익숙한 박에게 양자택일은 난제였다. 이미 한국을 떠나고 없는 친구놈에게는 연락할 방법도 없었다. 두 생명의 생사가 교차되는 마당에 이런 난감한 역을 맡아야만 하다니. 그는 순간 자신의 불운한 입장만을 한탄했다.

나, 미쳐서 죽는 꼴 보고 싶어요? 여자가 아직 덜 자란 머리를 보자기로 가린 채로 박을 찾아왔었다. 알록알록한 꽃무늬 보자기를 쓰고 있는 여자는 완전히 미친 것 같지는 않았다. 자신을 망쳐 놓은 남자에 대한 원망을 안고 찾아 온 여자는 그 애의 엄마가 처음이었다. 대개의 여자들은 그를 똥물에 튀겨죽일 놈쯤으로 치부하고는 뒤도 안 돌아보고 도망갔으며, 재수가 옴붙어 독충에 한 번 물린 것뿐이라고 스스로를 치유하고는 했다. 그 애의 엄마는 집요하게 박을 물고 늘어졌다. 지독한 거머리를 떼어내 버릴 방법을 궁리한 끝에 박은 한 친구 놈을 생각해냈다. 너무 앞날에 대한 고민을 하느라 영 멋대가리 없이 젊은 날을 보내고 있는 놈이었다.

조막만 한 병아리 새끼들 가랑이나 들여다보면서 청춘을 다 까먹지 말고 진즉에 여자 감별법이나 익혀두지 그랬냐고 박이 통을 주니까 그 친구는 못이기는 척하면서 박에게서 여자를 인수해 갔다. 여자의 머리는 그때 한창 유행이었던 숏커트의 형태로 자라 있었다.

뭐, 딱, 손 한 번 잡은 것뿐이라고? 짜식, 이따 대고 사기를 쳐. 임마, 내가 병아리만 감별하는 줄 알았냐? 걔 다리 벌어지는 것 보니까, 벌써 한물을 건너가고도 남았더라. 병아리 감별사 자격증을 따서 외국으로 나가는 게 목표였던 그 친구는 박에게서 잠시 빌렸던 물건이 형편없는 불량품이어서 자신의 위신이 먹칠이라도 당한 것처럼 화를 내면서 떠나갔다.

그 애의 엄마는 위급한 상황에서 옛 남자를 찾았지만 박은 그저 통통 부은 그 애 엄마의 얼굴을 한 번 바라봐주고 병원비를 지불해준 것 말고는 두 모녀에게 별로 축복이 될 만한 일을 해주지는 못했다. 그 여자는 박에게 자꾸 아이의 얼굴 생김새에 대해서 물어왔으나 박은 아이의 눈코입이 모두 제대로 박혔다고 여자를 안심시켰다. 그는 크리스마스 이브를 뭇 여자들과 함께 질펀하게 보내려 했던 계획에 크게 차질이 생기지 않은 것을 다행으로 여기고 안도의 한숨을 크게 내쉬며 병원문을 나설 수 있었다.

✣

처음엔 머리카락이 얼추 다 센 것처럼 희끗번쩍거리는 초록머리 여자를 목표로 삼으려 했던 박은 고심 끝에 초록머리보다는 비구니가 아닌 바에야 분홍머리가 차라리 낫겠다는 결론을 내린다. 초록색의 머리가 도발적이긴 하지만 그런 머리빛깔을 내기 위하여 투자했을 여자의 시간과 노력을 감안해 본다면 박 자신도 역시 비례하는 만큼의 투자를 해야 한다는 계산이 나왔다.
"있잖아, 최면요법으로 살을 뺀다는데 그게 어떤 건 줄 알아? 티브이에서 봤는데 글쎄, 한 손바닥에는 자기가 좋아하는 맛있는 음식을 올려놓고, 또 한 손바닥에는 화장실의 배설물이나 토사물을 올려놓으라고 주문을 하는 거야. 그리고는 양 손바닥을 합쳐서 비벼보라고 하면서 자, 냄새를 맡아보세요, 악취가 나지요? 구역질이 나지요? 이런 식으로 최면을 시키는 거야."
분홍머리가 말하는 동안 초록머리의 여자는 이미 한쪽 손으로

물고기 종점 **183**

자신의 코를 감싸 쥐었고 검은 머리의 여자는 안면 근육을 씰룩거렸다. 곧 토할 것 같은 표정들이다. 이럴 때 대부분의 여자들은 이렇듯 자신은 비위가 무척 약하다는 제스처를 하기 마련이다.

 백골관이라고, 음심을 쫓기 위해서 모든 여자의 육체를 해골로 보는 수행법이 있다는데, 살을 뺀다는 건 여자들에게 진정 고행인가. 먹고 배설하는 본능의 욕구를 억제해야만 하는 초극의 삶, 그것의 진위를 대체 어떻게 확인할 수 있겠는가. 박의 머리통에서 쥐가 날 것 같다.

 "자, 당신의 손에서 더러운 국물이 뚝 뚝 떨어지고 있습니다, 마구 주물러 보세요. 세상에서 가장 불결하고 부패한 것, 이것에서 국물이 줄줄 흘러내립니다. 당신은 이것을 먹을 수 있겠습니까?"

 분홍머리는 상대 여자들의 반응에서 쾌감을 느낀 듯 더욱 진지하고 사무치게 속삭인다. 분명, 이 여자의 목소리에는 질타가 묻어 있다. '세상에서 가장 불결하고 부패한 것'이라고 발음할 때의 억양과 톤에서 박은 이 분홍머리 여자가 세상에서 쌓아올린 상처와 울분을 짐작해낸다. 부당한 방법으로 축재를 하듯 가슴속에 불특정한 분노를 차곡차곡 쌓는 일 또한 은밀하고도 츱츱한 쾌감이 아닐 수 없다. 이런 쾌락에 젖어 본 여자라면 쉽게 타협점을 찾을 수도 있으리라. 마침내 박이 회심의 미소를 짓는다.

 한 패의 중년 남자들이 들어와서 자리를 잡는다. 한 판 때렸으면 좋겠다. 조금 쉰 목소리의 남자가 화투짝을 패대기치는 시늉을 한다. 그들 모두가 키득거리며 주위를 살핀다. 연수탕이라는 글자가 새겨진 티셔츠 가슴패기에 찍힌 온천 마크에서 김이 모락모락 피어올라 사내들의 얼굴을 금방 데쳐놓는다. 갱년기의 여자들에게 나타나는 홍조현상처럼 갱년의 남자들에게도, 술을 마시지 않았는데도 얼굴이 화끈 달아오를 때가 있다.

아저씨는 검객을 좋아하세요? 나는 옛날에 태어났으면 검객이 됐을 거예요. 그 애가 검객이라고 발음하면서 양손에 쥔 나이프와 포크를 곤두세우는 바람에 박은 온몸이 서늘해지고 말았다. 진짜 검객이라도 된 듯한 여자애의 눈빛이 박의 눈을 찔렀다. 그때 박의 얼굴도 몹시 붉게 달아 올랐었다. 여자애가 무슨 검객이니? 검정고시라도 봐서 대학엘 들어가야지. 박이 만일 이렇게 말했다면 그 애는 정말 박에게 검을 날릴 것만 같았다.

무슨 여자가 이렇게 억세 빠졌어? 박이 이렇게 말할 때마다 그 애의 엄마도 배추와 대파를 다듬던 식칼을 들어 곧 박을 찌를 것 같은 태세로 돌변하고는 했다. 실안개처럼 눈가로 스멀스멀 피어나던 어미의 분노를 물려받은 것일까. 어린 것의 눈에는 독기가 잔뜩 서려 있었다.

아저씨도 검객이 되었으면 좋았을 걸 그랬어요. 그 애는 토마토케첩이 묻은 입가를 맨손으로 훔치며 포만의 미소를 지었다. 너, 만화 많이 봤구나, 그런데 너는 아무에게나 검객이 되었으면 좋겠다고 말하니? 그 애가 포크와 나이프에서 완전히 손을 뗀 것 같았을 때 박은 과감한 질문을 던져보았다. 아니요, 내 맘을 찌르는 남자에게만 그렇게 말하는 걸요.

박은 다시 한 번 얼굴이 확 붉게 달아올랐다. 그도 그 애처럼 한쪽 손바닥을 입가에 갖다 대고 쓱 문질러 보았다. 돈까스나 프라이드치킨을 다 먹고 난 후엔 꼭 맨손바닥으로 입가를 훔치고는 했던 그 애의 자태는 앙증스러운 고혹이었다. 그 애의 둔부와 종아리를 살펴볼 수 있는 기회가 주어졌더라면 그는 더욱 그 애에 대한 애착에 사로잡히고 말았을 것이다.

나도 검객이 되어서 네 엄마를 구해주었어야 했는데, 가발이라도 하나 구해서 머리에 씌워주었어야 했는데. 회한에 젖은 듯 박의 두 눈은 살짝 감겨 있다. 경련하듯 부르르 떨리는 그의 두 뺨에 이슬 같은 땀방울이 구른다. 듬성듬성 숱이 빠진 머리통에서 진땀이 솟구친다. 인중을 타고 흘러들어온 짭쪼름한 액체가 바닷물맛 같다. 바닷물 속에서 여자의 입술은 생미역처럼 질기고 미끈거렸다.

우리 아버진 당신 딸이 어떤 사내와 바다에 놀러간 사실을 알아내기라도 한다면 딸의 다리몽둥이 하나쯤은 능히 부러뜨리거나 머리를 홀랑 깎아서 들어앉히고도 남을 사람이에요. 나, 어떡해요? 나, 책임질 수 있어요? 채근하는 여자의 콧소리가 달떠 있었다. 여자의 몸은 그물에 걸린 작은 물고기같이 자꾸 파닥거렸다. 박도 여자를 따라서 힘찬 물고기가 되었다가 마침내는 바다거북처럼 이틀 동안이나 지칠 줄 모르고 바닷물에 잠겨서 그 여자에게 심취했었다.

❖

"박 형, 언제 오셨어요?"

남 기사의 얼굴도 벌겋게 잘 데쳐져 있다. 반은 벗겨진 이마와 툭 불거진 입술하며 영락없이 갓 삶은 문어 대가리 같다.

바깥 홀 입구의 쏴한 박하사탕맛 찬 공기라도 한숨 들이켜고 싶지만 박은 실내를 먼저 한 바퀴 휘둘러본다. 남 기사가 캔커피 두 개를 사서 하나를 먼저 박에게 건넨다. 박은 커피를 건네받는 자신의 손이 가늘게 떨리고 있음을 남 기사에게 들키지 않으려고 다른 한 손으로는 이미 식은 목덜미를 훔치며 흐르지도 않는 땀을 닦는다.

박의 시선은 벌써부터 카운터 앞에서 음료수를 마시며 서 있는 세 여자들에게로 가서 꽂혀 있다. 밝은 빛 아래서 드러난 분홍머리의 얼굴은 이목구비가 제법 반듯하다. 반바지 아래로 곱게 뻗은 다리가 돋보인다. 역시, 잘 찍었군. 박은 터무니없는 자만감에 사로잡혀서 남 기사 앞에서 우쭐대고 싶어지기까지 한다. 박은 이제 곧 첫 몽정을 시작한 사춘기의 사내아이처럼 여자에게 빠져들고 말 것이라는 스스로의 직감에 엉치께가 짜릿해지는 쾌감을 느낀다. 그는 그 여자의 머리를 감싸고 있는 분홍색 수건이 갑자기 아라비안나이트에서나 나왔을 법한 요술 공주의 터번으로 변했으면, 하고 바란다.

"내 속이 다 시원해요. 진즉에 그랬어야지. 절에 가는 사람들이 부지기수로 타는데, 그 소릴 꼬박꼬박 틀어대니 누가 좋아 하겠어요?"

남 기사는 회사 측의 부적당한 행위를 성토하고 싶어서 혀가 간지러운 모양이다. 종점에서 올라가면 문수암이라는 절이 있어서 동신운수의 수지가 맞는데 한몫을 하는 데도 사장은 오랫동안 성경의 한 구절을 정류장 안내방송 사이사이마다 삽입해 놓고 있었다.

"출발하기 전에 기도하고, 뭐, 이런 건 무사고를 위해서도 나쁘게 없겠지만서두 어떤 특정 종교를 승객들한테까지 은근슬쩍 주입시켜서야 되겠냐구요."

남 기사의 너부죽한 입가에서 커피가 또 주르륵 흘러내린다. 깨진 바가지같이 남 기사의 입에서는 늘 뭔가가 흘러나온다.

안내방송 때마다 성경구절이 곁들여 나오는 것을 항의해 온 남자는 대단히 끈질긴 데가 있었다. 그 남자는 자신이 문수암에 다니는 신도는 아니라고 했다. 그 남자의 말이 사실이라면 그 남자가 굳이 그런 일을 자청한 것은 쓸데없는 정의감 때문이었을 것이다.

그런 정신적인 방종에 허우적대다니, 미친놈일세, 그려. 기사도 정신이니 정의감이니 하는 남자들의 자만은 여자들의 사치나 허영심과 다를 바가 없는 게 아닌가. 박의 머리통에도 실금이 갔는지 가끔은 무슨 생각이란 것들이 그냥 줄줄 새어나올 때가 있다. 남 기사가 저 혼자 지껄이거나 말거나 박의 신경은 온통 세 여자들에게 쏠려있다. 분홍머리 일행들이 지하층 계단을 향하여 발걸음을 옮긴다. 아래로 내려가면 금남의 구역이 있을 뿐이다.

"박 형, 배차도 아직 남았는데, 뭘 그리 서둘러요?"

남 기사가 뒤에서 빽빽거렸지만 박의 몸은 급하게 시동이 걸린다. 남탕 안으로 뛰어든 박은 샤워 꼭지를 세차게 비틀어 머리통에서부터 발끝까지 일사천리로 바쁘게 씻어 내린다. 그 여자들보다 그가 먼저 연수탕의 출입문을 빠져나가려면 초를 다투게 움직여야 한다. 사십 도가 웃도는 열탕에 몸을 푹 담그고 앉아 있노라면 녹작지근하게 풀어지는 온몸의 관절 마디마디에서 새순이 돋는 것처럼 스멀대는 쾌감을 만끽하는 것이 요즘 박의 일과 중의 하나지만 그는 언제라도 새로운 것에 도전할 준비가 되어 있다. 이대로 끝장이 나는 건 이 박필수의 인생에서 아직 기필코 용납할 수 없는 것! 그것이 여자와 관련된 이벤트라면 그에겐 아직도 무한한 신념과 용기가 남아 있는 것이다.

✤

전화를 받고 온 여자는 적당히 교양 있고 조금은 차갑게도 보이는 인상이다. 사내에게 수첩을 선물한 여자일까. 박은 여자 앞에서 늘 무언가를 탐색한다.

"그날 그이가 기사님의 버스를 탔고, 그리고 버스 안에다 수첩을 떨어뜨렸어요. 휴일도 아닌데 왜 이곳에 왔는지 모르겠어요."

여자는 수첩을 두고 내린 남자의 아내다.

"바람을 쐬러 올 수도 있었을 텐데요. 여긴 워낙 그런 곳이니까."

바람이라는 말에서 풍길 수도 있는 음성적인 뉘앙스가 박 스스로도 좀 거슬린다. 게다가 워낙 그런 곳이라니? 유원지니까 그냥 놀러올 수도 있지 않았겠느냐, 라고 말했더라도 여자가 원하는 답변이 아니기는 마찬가지였을 테지만 그는 여자 앞에서 좀 더 완만한 표현을 쓰지 못한 게 실책으로 느껴진다. 남자들이란 자신의 정체를 들키고 싶지 않을 때 여자에게서 달아나고 싶어 하는 경향이 있다는 걸 이 여자는 알고 있을까.

대단한 미인이던 걸. 막차를 끝내고 들어오던 늦은 밤, 배차 김씨 영감이 엄지손가락을 치켜세우며 박에게 휴대폰 번호가 적힌 메모지를 건넸다. 또 누굴까? 그의 머릿속에서는 과거 여자들의 모습이 주마간산처럼 스쳐갔다.

박은 늘 여자들을 설득시키느라 바빴다. 덜컥 들여놓은 도자기 세트를 물러달라고 사정하러 온 여자가 한둘이 아니었다. 애아버지가 알고 난리가 났었어요. 제가 쫓겨나게 생겼답니다. 죄송합니다만, 그냥 커피 잔 세트 하나만 해야겠어요. 쩨쩨한 남편 때문이라며 징징거리는 여자들에게 박의 넓고 단단한 가슴은 위로가 되었다. 그의 건장한 육체야말로 간이 벼룩의 간보다 못한 남편 때문에 늘 불만의 삶을 사는 여자들을 깔끔하게 설득시킬 수 있는 최후의 수단이었다.

이제는 얼굴도 이름도 희미한, 이미지만 어렴풋한 여자들이다. 정거장처럼 수많았던 여자들을 지나온 끝에 박은 결국 버스 운전기사의 길로 들어서게 되었다. 그저 잠시잠깐 깜빡 졸았던 것 같은데 후다닥 깨어나서 천지사방을 살피니 벌써 종점이었던 것이다. 아뿔싸! 어느새 모든 역을 지나쳐 왔다. 눈 뜨고 자는 물고기처럼 늘 깨어 있어야만 했는가? 한 여자와 알콩달콩 좀 더 건실하게 살았다 해도 결과는 마찬가지였을 것이다. 성실한 인생의 대가라는 것도 사실은 누구에게나 평등하게 주어지는 삶의 종착역일 뿐이니까.

그 애의 엄마 소식을 가지고 온 여자도 전화번호가 적힌 쪽지를 두고 갔다.

돌아가신 마리아 자매님의 일기장에서 선생님에 대해서 알게 되었답니다. 마리아라니, 그 애 엄마의 이름은 호순이가 아니었던가. 김호순 씨 보호자 되시는 분! 그때 간호사가 예쁜 공주님이에요, 하면서 외쳤던 그 애의 엄마 이름이었다. 수술 확인서에 서명을 하면서 비로소 알게 된 여자의 본명이었다. 여자들은 대개 가명을 댔다. 그 애의 엄마도 은주예요, 김은주, 라고 입 모양을 쫑

긋거렸다. 은주 씨, 은주 씨, 그토록 바닷물 속에서 몸을 떨며 열병을 앓는 신음으로 속삭거렸던 여자의 이름이 호순이라고 밝혀지자 박은 정말 부르르 진저리가 쳐지는 것만 같았다. 간호사가 건네 준 모나미 볼펜을 받아 쥔 그의 손이 수술 메스를 쥔 것처럼 후들거렸다. 생미역 가닥같이 미끈하고 질근거렸던, 그 달콤짭조롬했던 해면체의 아가미가 호순이의 입술이었다니.

크리스마스 이브에 태어난 그 아이를 저도 기억은 합니다만, 이제 와서, 그 아이의 아버지를 찾는 일은 좀, 아, 좀 더 일찍 서둘렀더라면…… 박은 자신의 말꼬리를 잡아 늘릴 수도, 딱 자를 수도 없어서 그저 한숨만 한 번 내뱉는 것으로 애석함을 표했다. 네가 떠난 후에 그 여자가 아이를 낳았다, 딸이었다. 기어코 병아리 감별사가 되어서 떠난 그 친구에게 그때 박 자신이 그렇게 전해주었더라도 그 친구는 임마, 그 애가 내 애라는 증거가 어디 있냐? 라며 콧방귀를 뀌고 말았을 것이다.

그 친구가 뭐, 전쟁터에 나간 것도 아니고, 캐나다에서 살고 있다는 소식을 들은 지는 오래입니다만, 세계화 시댄데 뭐, 사람 하나 못 찾겠습니까. 제가 발 벗고 나서서라도, 옛 친구들을 다 동원해서라도 알아봐야지요. 박은 오래전에 소식이 끊긴 그 친구 놈을 추억해내야 한다는 게 썩 유쾌하지는 않았지만 어차피 맡아야 했던 대역의 피날레라고 생각했다.

"실종신고를 냈는데 여태, 알 수가 없어요. 그이가 왜……?"

김주경의 눈가에 물기가 서린다. 지푸라기라도 잡고 싶은 여자의 심정을 모르는 바가 아니지만 사내에 대한 단서를 전혀 제공하지 못한 박은 여자에게 괜히 미안해진다. 그리고 보니 여자에게 미안해 보기는 처음인 것 같아서 그는 스스로도 객쩍어진다. 휴일이 아닌데도 이곳 유원지에 왔다면 십중팔구는 직장에서 잘린 남자였을 것이다. 등산복을 입었든 정장의 신사복을 입었든 후면경에 비친 그들의 표정은 하나같이 문상객을 닮아 있다.

✦

"짜장면이라도 시켜먹지, 그게 밥이 되나?"

연수탕의 바깥 출입구 카운터의 미스 정이 카스텔라와 우유로 늦은 점심을 때우고 있다.

"남 기사님 못 보셨어요? 아까, 박 기사님 들어가시고 좀 있다가 들어가셨는데."

미스 정은 별로 감추지 않고 남 기사에 대한 관심을 드러낸다.

"오늘, 물 좋던데. 남 기사, 지금쯤 눈알이 핑핑 돌아가고 있을 걸."

"아이, 왜 이러세요? 오늘, 여자 손님도 별루 없는데. 나는 뭐, 폼으로 앉아 있나?"

미스 정이 살큼하게 눈을 흘긴다. 애가 둘이나 있다더라, 남편이 일찍 죽어버렸다더라, 동신운수 기사들이 갖는 관심은 그녀의 옷차림이나 취미, 특정한 버릇 따위가 아니라 그녀가 살아온 경력이다. 그러나 박은 과거로 말해지는 여자들에게는 이제 흥미가 없다. 젊기를 해, 예쁘기를 해, 고분고분 상냥하기를 해? 그는 무엇을 탐색해내려는 듯 미스 정의 가슴께로 눈길을 준다.

"박 기사님 요즘, 너무 땀 많이 빼시는 거 아니에요?"

"왜 아니겠어. 뭐 보충하는 방법이라도 있나?"

"운동을 한 가지 하세요. 운동으로 진땀을 빼셔야지."

"운동, 그런 거 말구, 남 기사한테 해주는 거 있잖아."

"어머머, 내가 남 기사님한테 뭘 해준단 말예요?"

"뭘 해주긴? 보약 해줬다면서. 누구한테는 박카스 하나도 없으면서 말야."

박이 미스 정과 노닥거리고 있는 사이에 여탕 쪽의 출입문이 열리면서 어깨까지 머릿결이 흘러내리는 여자가 나온다. 여자의 덜 마른 검은 머리에서는 더운 김이 아지랑이같이 모락모락 피어나오는 듯하다. 뒤이어 모자를 푹 눌러 쓴 여자가 나온다. 모자 밑으로 삐죽삐죽 뻗어 나온 머리카락이 뜯기다 만 쐐기풀처럼 엉켜있다. 여자들은 슬리퍼를 소리 나게 질질 끌며 걸어 나간다. 박은 연이어 나오는 여자들의 머리통을 유심히 살핀다.

대체 요즘 누굴 그렇게 기다리는 거예요? 의혹이 가득 담긴 미스 정의 눈길을 피해서 박은 동신운수 버스들이 대기하고 있는 차부가 건너다보이는 바깥문 쪽으로 시선을 돌린다. 흰 장갑을 낀 여자가 검은색 승용차 앞을 가로막고 서서 마구 흐트러진 손짓을 해대고 있다. 그 여자는 여전히 한참이나 철이 지난 빨강색 점퍼 차림이다.

저 여자, 아무래도 동신운수에서 무슨 대책을 세워야 되는 거 아냐, 벌써 몇 년째야? 저걸 어디다 잡아넣을 수도 없고…… 박은 혼잣말로 궁싯거려 본다. 그래도 저 미친년이 아주, 맛은 그만 이래…… 배차 김 씨 영감탱이까지 입맛을 다시는 걸 보면 동신운수 기사들 거의가 베갯머리 동서가 되는 셈인가. 계륵도 못 되는 것을 가지고 서로 먹겠다고? 박이 쓴 입맛을 다신다.

"저 아줌마, 옛날에 아주 유명한 요릿집 마담이었던 거 맞아요? 삼청동인가, 어딘가, 아주 높은 사람들만 가는 데 있었다던데. 보나마나 들으나마나 다, 남자 때문일 거야."

남자 때문이라고 말하는 미스 정의 눈빛이 살짝 흔들린다. 남탕 쪽의 출입문이 화르륵 열리면서 벌겋게 잘 익은 남 기사의 푸짐한 얼굴이 튀어나왔다. 미스 정은 카운터 아래서 스킨과 로션을 꺼내 남 기사에게 건넨다. 남탕 안에 비치된 값싼 화장품이 아닌, 눈에 익은 메이커의 남성용 화장품이다.

⚜

오늘은 김주경 그 여자가 직접 나와서 남편을 찾아달라는 호소문을 돌리고 있다. 문수암으로 줄지어 올라가는 택시와 상춘객들이 몰고나온 승용차, 줄곧 들고나는 동신운수 버스들이 얽혀서 휴일의 종점 도로는 혼잡하기 이를 데 없다.

사라진 남자의 인상착의는 아주 순한 편이다. 그 남자는 김주경이란 여자 말고도 아무 여자와 함께 살았다 해도 그다지 험상스런 삶이 되지는 않았을 것이라고 추정될 만큼 맺힌 데가 별로 없는 관상이다. 그렇다면 혹시, 김주경 저 여자 사주에 무슨 살이라도 낀 것은 아닐까. 박은 저만치서 사람들에게 일일이 머리를 조아리며 전단지를 나눠주기에 여념이 없는 여자를 실눈을 뜨고 찬찬히 바라다본다.

차부의 바깥 도로 한가운데서는 오늘도 미친 여자가 볼따구니가 미어지도록 호루라기를 불어대며 진지한 자세로 교통정리를 하고 있다. 힘이 들어간 여자의 팔이 허공에서 제멋대로 기호와 도표를 그려댄다. 무질서하게 엉켜있던 사람들이 기겁을 하며 흩어지자 동신운수 버스 한 대가 막 차부를 빠져나간다.

머리에 씌워진 알록달록한 색깔의 조악한 꽃무늬 보자기만 아니라면 그 여자는 그저 다혈질적인, 봉사정신이 투철한 중년여자쯤으로 보였을 것이다. 여자는 때로 초점 없는 매서운 눈빛으로 누군가를 쏘아보며 훈계하고 세상을 향한 질타의 말들을 거침없이 쏟아낸다. 삿대질을 하며 핏대를 올리는 그 여자의 옆으로 가만히 다가가 귀를 기울이고 섰던 사람들은 주제와 핵심도 없이 풀어내는 여자의 요설에 고개를 갸웃거리며 맛이 간 여자군, 하는 표정으로 곧 떠나간다.

저게 다 전생의 업이지 뭐유. 그러게, 인물도 곱다마는 어쩌다 저리 정신을 놔 버렸을 꺼나? 관세음보살, 관세음보살…… 혀를 끌끌 차며 지나가는 노파들은 문수암 신도들임에 틀림없다. 아무리 연장이 녹슬어도 그렇지, 어디 구멍이 없어서 저런 또라이를, 아이구, 재수 읎어…… 동신운수 기사들의 입에서는 늘 거침없는 욕설들이 쏟아진다. 그들은 하루만 욕을 참아도 입안에서 가시가 돋는 줄로 믿고 있는 게 틀림없다.

남 기사의 버스가 들어오자 박은 자신의 버스에 올라 출발 채비를 한다. 오늘 밤에도 막차를 끝낸 남 기사와 연수탕의 카운터를 교대한 미스 정이 산장모텔로 들어갈 것이다. 마른걸레로 앞창문 유리의 남은 물기를 닦던 박의 손놀림이 멈칫한다. 그는 요금통을 들고 사무실로 들어가는 남 기사의 뒤통수에서 시선을 떼지 못한다. 속머리가 듬성듬성 빠져나가 훤했던 남 기사의 정수리가 어느새 제법 무성해져 있다. 새 풀이 돋아난 듯 반지레하게 윤기를 띤 남 기사의 뒤통수가 박의 시야에서 출렁거린다.

배차실에서 출발 벨을 제차 눌러도 박의 버스가 꿈쩍을 하지 않자 김 씨 영감이 배차실의 쪽유리문을 확 열어 제치고 소리를 지른다. 박 기사, 뭐해? 손바닥만 한 유리창문이 부리나케 열릴 때마다 김 씨의 부리부리한 눈알이 먼저 튀어나오고는 한다.

저 지랄 맞은 영감탱이, 내 더러워서 참! 시동을 걸던 박이 순간 신경질적으로 가속 페달을 밟자 승객들이 꽥 꽥 소리를 지른다. 급브레이크를 밟은 그가 승객들을 향해 고개를 돌리고 죄송합니다, 죄송합니다, 라고 연신 사과를 한다. 쪽유리문 밖을 향해 고개를 들이밀고 있던 배차 김 씨도 움칫 놀라서 입을 다물지 못한다.

자기야, 자기야…… 갑자기 뛰어 들어온 미친 여자가 반갑게 배차 김 씨를 부르며 다가가자 배차실의 쪽유리문이 확 닫힌다. 자기야, 자기야…… 아무리 두들겨 불러도 쪽유리문에서는 대답이 없다. 미친 개가 뛰어 들어오기라도 한다는 듯, 한 번 굳게 닫혀버린 쪽유리문은 요지부동이다. 유리관 속에서 종일 입만 뻐끔거리는 늙은 물고기 같은 김 씨는 유리문을 두들겨대는 미친 여자가 이제는 두렵기까지 할 것이다. 제발 유리문 좀 치지 마세요, 물고기가 기절할 수도 있으니까…….

박의 버스가 떠나면서 움푹 파놓은 바퀴자국이 선명한 그 자리에는 이미 다른 한 대의 버스가 들어와서 출발을 준비하고 있다.

곰팡이 시인

곰팡이 시인

도심으로 돌아오는 길목에는 모텔 천지였다. 온천장의 물이 뼛속까지 뜨겁게 스민다. 어젯밤부터 참아 온 욕정이 오프너를 갖다 대자마자 터지는 사이다 병뚜껑처럼 폭발적이다. 삶은 계란을 까놓은 듯 지나의 벗은 몸은 매끈했다. 열탕에서 피어오르는 뿌연 수증기가 여자의 나신을 먼저 유연하게 더듬어 준다. 고맙게도, 나는 전희의 수고로움 따위는 생략해도 된다. 욕조 안에서 무르익기 시작한 에로틱의 절정은 늘 대형 스크린 같은 거울 속에서 무명배우들의 포르노처럼 기이한 낯설음과 익숙함으로 마시다 남은 사이다의 김이 빠지듯 스러지고 만다.

지나는 곧바로 쌔근쌔근 가벼운 숨을 쉬며 잠으로 빠졌다. 나는 바로 골아 떨어지 못하고 습관처럼 끄적거리고는 한다. 이것은 쾌락의 시간 뒤에 몰려오는 혼곤한 피로감 속에서도 결코 놓쳐서는 안 되는 것을 부여잡고자 하는, 아직도 내게 어떤 욕망 따위가 남아있다는 확인 작업인지도 모른다.

참나무 높은 가지 사이에서 익을 대로 익어버린 그것은 첫입에 사르르 녹아 버리는 양과자류 같은 외모와는 달리 씹을수록 차분히 혀끝에 감치는 지닐성 있는 맛이다. 기름진 음식의 선동적인 미끄러움이 아니라 시나브로 코끝에 스미는 보드레한 청신한 향이 후두부의 감각기관을 타고 머릿속 끝까지 피어오른다. 죽은 나뭇가지에서도 피는 꽃, 곰팡이들……

어떤 여자는 내 이런 행위에 질색을 했다. 이이는, 왜 맨날 그딴 걸 일기에 적고 그래요? 그 여자는 내가 피곤한 싸움의 상대였는지 인상을 쓰며 휙 돌아눕고는 했다. 본 요리 후의 디저트처럼 마지막 향연까지 함께 나누고 싶었지만, 그 여자는 마치 밥숟가락 놓기가 무섭게 잠들고 마는 잠충이 같았다. 나는 누군가와 같이 나누고 싶은 애깃거리를 잠들기 전에 노트와 나누고 있었을 뿐인데 그 여자는 내가 그녀 자신과 나눴던 방금 전의 사랑의 행위를 되짚어가며 분석이라도 하는 줄로 아는 모양이었다. 하기야 한 지붕 밑에서 어느 정도 같이 살 만큼 살았다 해서 무엇이나 다 공유하지는 못한다는 것을 그 여자 역시 뼈저리게 느꼈을 것이다. 그래서 나는 지나라는 여자와는 한 지붕 밑에서 다만 가끔 함께 잠을 자는 사이로만 관계를 유지하고 싶다.

 늦은 아침을 먹고 나서 동규 녀석이 노루궁뎅이를 따러 가자고 했을 때 우리는 무슨 여자 궁둥이라도 따러 가는 양 환호했다. 어젯밤 전화를 받았을 때만 해도 동규는 내가 여자를 데리고 오리라는 짐작은 못했을 것이다. 동규의 동생 동식은 여자를 보더니 수줍어했다. 동규와 동식은 나와는 수궁리 시절부터 한 동기간처럼 자주 만나왔던 터라 허물없는 사이지만 강백이라는 낯선 사내는 좀 불편했다. 지나에게 미안한 생각이 들었다. 동규 형제와 나는 예의를 차리고 말고 할 사이도 아니었기에 그렇다손 치더라도 사내 녀석들 둘이 쓰는 초옥 단칸방에 여자를 데리고 간 건 어디까지나 내가 여자를 소대한 것이었다.
 "밤새 술이나 마실 건데, 괜찮지?"
 "미성년자들도 아닌데 하룻밤 혼숙쯤 어떻겠어요? 근데, 나 한꺼번에 네 남자 감당 못 하는데."
 지나의 농담에 나는 좀 마음이 놓였다.
 다섯 명의 남녀가 한 방에서 새벽녘까지 술을 마시며 웃고 떠들다가 대취해서 쓰러져 잤으니 혼숙이라기보다는 합숙이었을 것이다.
 "참, 희한하네요. 동규 씨 말마따나 공기가 너무 신선해서 그런지 여기선 정말 술도 안 취하네."

부엌문 앞에서 한 마당쯤 건너 졸졸 흐르는 계곡물에서 푸걱푸걱 세수를 했다. 완전하게 화장이 벗겨진 지나의 맨얼굴은 그리 낯설지 않았다. 외간 남자들 속에서 온전하게 밤을 치룬 그녀가 내 여자이기라도 하듯 아직 식전인데도 나는 든든한 팽만을 느꼈다. 나 역시 밤새 술을 폈는데도 아침에 계곡물에 세수를 하고 나니까 말짱하게 정신이 들었다.

우리 어디로든 가요, 바람 쐬고 싶어요. 지나의 호출이 올 때쯤이면 나는 온몸에서 가슬가슬 비늘이 돋는 것처럼 흥분이 되었다. 지나는 불규칙한 달거리처럼 나를 찾았다. 어제는 참 오랜만이었다. 지나의 전화를 받고나자 한동안 낡은 자루에 넣어서 꼭꼭 싸맨 뒤 시렁 위에 높직이 얹어두었던 원초적 본능이 꼬리뼈 자리인 엉덩이 사이의 협곡 입구에서 저녁 물안개처럼 자근하게 피어오르는 것이었다.

강원도 오지의 마을 바라골은 천연의 요새처럼 굽이굽이 산마루를 몇 차례 돌고 돌아서야 찾을 수 있었다. 처음 동규란 놈의 삶의 현장을 목격했을 때 놈의 꼬락서니라니. 이런 곳에서 사람이 산다는 게 해괴하다 싶을 정도였다. 갈수록 태산이라더니, 수궁리에서는 그래도 놈이 양반이었다는 생각이 들었다.

일몰 직전이어서 그랬는지도 모른다. 전방 부대의 초년병 시절, 두메산골 해질녘의 을씨년스러움은 정전된 도시의 한밤중보다 더 견딜 수 없는 압박이었다. 들끓는 애를 삭이지 못하며 이십 대의 한 지점을 통과했던 내게 강원도는 어쩌면 아직도 유형의 땅으로 남아 있는지도 모른다.

동식이 갈구리 모양의 쇠꼭지가 달린 작대기를 찾아 들었다. 나는 출근이 아니면 등산화를 신는 습관이 있어서 별 문제가 없었지만 지나의 굽 높은 부츠는 곤란했다. 동식이 쪽마루 밑에서 찾아낸 장화 한 켤레를 물걸레로 정성스레 닦아 주었다. 나일론 스타킹 발에다 고무장화를 신은 바람에 자꾸만 궁둥이까지 쏠리는 빼쭉걸음을 걷는 여자 뒤에서 동식이 수줍게 웃었다.

"형, 여기가 바로 그 할아버지가 살았던 집이에요. 아침마다 서로 야호, 하며 밤새 안녕을 확인한다고 내가 말했잖아요. 올 봄에 돌아가셨어요."

동규가 어쩌다 서울에 와서 풀어놓는 산골 이야기는 막연한 꿈의 이미지였던 목가적인 풍경을 상기시켜 주었다. 바라골에서는 일 능이, 이 표고, 삼 송이라고들 해요…… 산간마을이라면 특산물로 있기 마련인 버섯인데도 동규의 이야기는 인간의 DNA 속에 각인된 원시에의 향수를 자극하는 것이었다.

자기도 그런 데 가서 그렇게 살고 싶은 거 아냐? 동규가 와서 하루 이틀쯤 묵고 가면 아내라는 여자는 내게 더 까칠해지고는 했다. 이이는 완전히 육십 노인이라니까…… 이웃 여자들 앞에서 거리낌 없이 제 남편을 깔아뭉개며 깔깔대는 여자. 도대체 육십 대 하고는 언제 또? 편력이 그렇게 다양한 줄은 정말 몰랐다…… 무

곰팡이 시인 **205**

심코 내쏜 방어의 화살이 그녀에게는 치명적이었다. 그렇게 한 방에 끝날 줄은 나도 몰랐다. 유부남 상사와의 관계로 만신창이가 된 여자였다. 아무 짓도 하지 않고 삼십 대가 된 여자와는 삶이 너무 유치할 것 같다는 허튼 지론을 펼치며 그녀에게 청혼했었다.

울울창창, 첩첩산중, 말 그대로 바라골은 산간오지였다.
참나무가 많을수록 실한 노루궁뎅이들도 많았다. 참나무 삭정이 가지 위에서 노루궁뎅이가 토실하게 살찌는 가을엔 톱 따위의 연장을 들고 바라골로 들어오는 산꾼들이 있다. 그들은 전문 도굴꾼처럼 음험하고 조직적이며 보안유지에 철저하다. 노루궁뎅이의 그 참맛을 아는 이들은 바라골이 선선해지기를 지그시 기다린다. 땅속의 찬 기운이 지표를 뚫고 올라오기 시작하면 타지에서 객고 막심했던 몸을 풀기 위하여 고향으로 돌아가는 나그네들이 길가 잠의 꿈속에서 조강지처의 찰진 엉덩이를 더듬듯 눈앞에 어룽거리는 노루궁뎅이에 군침을 삼킨다. 노루궁뎅이를 찾아나서는 은밀한 산행의 쾌감을 맛본 자들은 바라골이라는 지명조차도 함부로 입에 올리지 않는다. 이미 저잣거리의 식도락으로 자처하며 옹골진 탐닉의 열락을 맛본 자들도 새로운 경지에 대한 열망은 가히 구도적이라고 할 만큼 진진하다.

"얼마 전에 금초가 왔더랬어요. 여기 이쪽 땅이 이천 평쯤 되거든요. 맘에 들어 하데요. 혼자는 너무 벅차다고 그냥 갔는데 모르지 뭐, 누구랑 같이 나누어서 샀으면 하던데."

 금초라면 붓 한 자루로 한국 화단에 혁명을 일으킬 것처럼 떠들썩하게 나대고 다니던 위인이다. 동규 덕분에 나는 수궁리 사람들을 여럿 알게 되었다. 동규의 수궁리 시절이 막을 내리자 이제는 풍문으로 그들의 안부를 듣고 있다.

 "아직도 그러고 다니나? 나한테 한 번 연락이 왔더라. 전시회라고 해서 인사동으로 나갔더니 본인은 코빼기도 안 보이고, 그쪽 떨거지들한테 잡혀서 술만 떡이 되게 먹고 왔지. 그것두 벌써 오래전이네."

 "금초 그 사람 도인 다 됐어요. 절에 들어가서 한 이태 있다 나오더니 영 딴사람이 되었어요. 지금 단청 그리고 있잖아요."

 동규에게 수궁리는 몇 차례의 터널 같은 곳이었다.

 "풍수지리적으로 그런 건가. 북한강과 남한강 물줄기가 만났다가 다시 갈라져 돌아가는 형국이라 그런지, 그 동네 그런 사람들 참 많이도 모여들었어. 인생의 정거장, 간이역 같은 곳이었나봐."

 "그러게요. 참, 시절인연이란 말이 그때 그 사람들 두고 하는 말 같습니다. 그런데, 그쪽도 이젠 옛날 얘기예요. 위락시설들로 빽빽해요. 서울 사람들의 말초적인 하수종말처리장이 되어버렸어요."

 강백도 수궁리 사람들과 연관된 듯 했다.

 "참, 강백 선생님도 여기 땅 있으시다면서요?"

 선생은 무슨, 그냥 백수입니다. 성이 강이다 보니, 조상님들께 면

목이 없을 따름이지요. 그는 선생이란 호칭을 사양했지만 어젯밤에 이미 그의 별칭으로 소개받은 터라 나는 그냥 강백 선생으로 불렀다.

"아, 뭐 쪼끔, 한 천이백 평 됩니다. 이 담에 집이나 한 채 지을려구요."

그는 입이 마르는지 말끝에 혀로 입술을 핥았다. 그의 습관인 것 같았다.

"형, 저 안쪽에 비닐하우스 옆 땅 보이죠. 그게 한 삼백 평쯤 되는데 여기 땅 주인이 병하 선생님한테 그냥 드린 거예요."

짜식, 그런 호재가 있으면 이 형님한테나 먼저 연결시켜 줄 것이지, 내가 내 이름 석 자 앞으로 등기된 땅 한 평 가지는 걸 얼마나 열망하는지 알면서. 병하 선생이 공짜로 땅을 얻었다는 소리에 나는 정말 배가 아팠다.

"병하 선생님 인맥 관계를 이용해서 여기 땅 좀 팔아보려고 그 주인이 선심을 쓴 거죠."

땅 주인의 홍보 전략이 주효할지는 두고 봐야겠으나, 어쨌든 병하 선생의 땅은 누가 보더라도 탐이 날 만큼 노른자위라는 게 표가 났다. 수궁리에서도 병하 선생 주변으로 난다긴다하는 쟁이들이 꼬여들었다. 병하 선생은 도예가였지만 그의 주위에는 미술과 음악, 문인들까지 예술인들이 종합선물 세트처럼 모여 있었다. 모범적인 시민으로서는 대체로 실격자들이라 할 수 있었지만 수궁리에만 들어오면 그들은 물 만난 고기가 되었다.

나도 한때는 그들의 대열에 합류할까를 놓고 부심했다. 주말이 되면 그쪽 패들이 숨겨놓은 여자라도 되는 것처럼 자꾸 그리워졌다. 나같이 한쪽 가슴에 구멍이 난 족속들을 잔뜩 태우고 그쪽 세계로 차를 몰고 갔다. 개선장군이 따로 없었다. 그러나 나의 이런 외도는 속계와 선계를 넘나드는 유희에 그치고 말았다. 도끼자루 썩는 줄 모르고 놀다보니 동규란 놈이 어느새 더 병이 깊어져 골골거리고 있는 것만 같았다. 한량패들의 뒤끝이란 늘 속절없이 건뜻 불고 가는 한 줄기 바람 끝에 지나지 않는다는 회의가 왔다.

"지금으로서는 누가 과감하게 나서질 못하겠는 걸요. 전기가 안 들어오니 별 헤는 밤이 좋긴 하겠지만 당장 살러 들어올 수는 없고, 너무 외져서 투자쪽으로도 과히 전망이 좋다고 볼 수는 없는 것 같아요."

동식과 뒤처져서 키득키득 해찰을 하며 올라오던 지나가 바짝 따라와 있었다. 지나의 견해대로라면 아무래도 이곳은 은둔의 땅으로나 적합한 듯했다. 내가 지나를 데리고 온 것은 여자들의 경제관이라든가 현실적인 안목이 필요했기 때문이다. 적당한 땅이 나왔으니 들어와 보라는 동규의 전화를 받은 뒤부터 나는 어떤 용단을 내려야 할 기로에 선 것처럼 마음의 혼선이 시작되었다.

녀석만 믿고 덜컥 사두었다가 나중에 빼도 박도 못하게 된다면? 도시형 인간으로 길들여진 내가 이상과 현실 사이에서 허우적대다가 결국은 농사꾼으로 변신한단 말인가. 내가 은둔자가 된다? 그보다 더 심각하게 숙고해야 할 이득창출의 문제, 밑지는 장사가 되는 건 아닐까. 결국 내 우유부단함의 핵심은 불투명한 손익에 있었다. 이 지구상에 내 땅 한 평만이라도, 했던 순수한 욕망 따위가 얼마나 천박한 소유욕의 발로였는지. 본시 빈 몸의 태생이었던 내 인생이 결국은 아귀스러운 물질 추구의 삶을 지향해 가고 있었단 말인가. 동규의 부름은 나를 온갖 망상의 구름이 피어오르는 계곡으로의 초대가 되었다.

"빛이 종일 들어서 고추를 말리려고 우선 헛간을 지어 놓았어요. 이천육백 평, 저 땅이 한 필지인데 가운데 자락에 병하 선생님 땅 삼백 평이 들어가 있으니 천상 병하 선생님 주위 분들이 분할해서 사든가 해야 할 것 같아요. 주인이 그걸 노린 건지도 모르지요. 바로 뒤에 저 산이 국유림이니까 병풍처럼 후광의 효과도 있어서 위치는 그만이라고 하면서도 보는 사람마다 전부 병하 선생님 땅이 끼어 있는 걸 꺼려하더라구요."

"병하 선생님이 그런 부담감을 안고도 저 땅을 그냥 받았단 말야? 부동산과 인간관계의 지형도가 그렇게 형성되는 거구나."

간밤에는 삼엄한 냉기가 뼛속까지 오그라들게 했다. 산골의 밤 기온은 도시의 녹작지근한 실온에 길들여진 무력한 몸뚱어리를 결코 용서하지 않았다. 그러나 십일월 한낮의 햇살은 마냥 따습고 자애로웠다.

밭일에 지친 어머니가 잠깐 쉴 틈을 타서 앞가슴을 풀어헤치고 막내를 끌어안고 젖을 물리는 정경처럼 늦가을이 끝나가는 산골 오후의 햇살은 덧없이 안타까웠다. 늘 허기가 진 막내는 어머니의 사랑이 맥없이 애달파서 젖꼭지를 문 잇몸으로 자근자근 어머니의 젖살을 깨물어 보았다. 어머니의 젖을 통해 나는 어머니를 물고, 어머니는 나를 물고, 그 근지럽고도 짜릿한 행복감과 아련한 슬픔의 교차가 일어나는 잠깐의 시간을 어머니도, 나도 덧없이 놓치고 싶지 않았다.

아버지의 골방에서 어떤 기척이라도 들려올까, 어머니는 한시도 편치 못했다. 아버지는 늘 책만 보는 사람이었다. 연필로 무언가를 종이에 쓰기도 했지만 나는 아버지가 책 보는 모습에 더 익숙해 있었다. 순결한 문학도의 빈처였던 어머니 또한 순결한 고행자는 아니었을까. 아버지 같은 남편은 되지 않으리라는, 아버지에 대한 강한 부정은 결국 반쯤은 긍정이 되었는지도 모르겠다.

피는 역시 못 속인다니까…… 내 아내 역시 그 천형처럼 지독한 내력이 대물림될까 봐 두려웠을 테지. 세상의 모든 아내들을 내 어머니처럼 살게 내버려둔다는 건 이제 세상도 용납하지 않고 있다.

마지막 온기를 몽땅 퍼내어 흩뿌려주는 햇볕과 나글나글한 숨을 들이쉬며 흠취의 쾌감을 만끽하는 대지의 목숨붙이들, 산골의 초겨울은 한겨울보다 더 뼛속이 시립기도 하고 초봄보다 더 가슴이 훈훈하기도 했다. 노랗게 흐드러진 산국은 미다스의 손길이 스쳐갈 때마다 피어난다는 바로 그 황금의 꽃이 아닐까. 보랏빛 모싯대꽃이 길섶 가운데 쓰러진 듯 피어 있다. 인적 없는 산길에서 질펀하게 누워서도 피어 있는 꽃들의 무애(無礙)가 부럽다. 아직 가을걷이가 채 끝나지 않은 무밭에서는 거세고 짙푸른 무청들이 건강하게 출문의 날을 기다리고 있다.

나도 어쩌면 이 바라골에서는 진정한 시를 쓸 수 있을 것 같다는 망념이 한순간 몽글게 지폈다. 나는 고개를 들고 하늘을 우러르며 뜨거운 목젖을 한 숟가락 꼴깍 삼켰다.

동식이 산국 한 손을 꺾어서 지나의 모자에 꽂아 주었다. 놈은 어젯밤 몹시 취해서는 지나 옆에서 자겠다고 찡찡대는 바람에 내가 한 언성을 높이자 겨우 토라진 어린애같이 제풀에 지쳐 잠이 들었다.

내가 지나를 그림 그리는 여자라고 소개한 것부터가 놈의 가슴에다 불을 지핀 꼴이 되었다. 놈은 바라골의 별을 그린 거라고, 스케치북을 찾아내어 지나에게 들이밀고는 그림쟁이들끼리의 어떤 교감을 나누고자 안달을 했다. 비구상이라는 게 원래 그렇기도 하지만 내게는 별인지 인공위성인지, 괴발개발 붓질을 해놓은 것만 같았다. 약 먹은 장끼처럼 대가리를 한쪽 벽 모서리에 처박고 숨이 푹 죽은 이불을 얼굴에 뒤집어쓰고 사타구니에 두 손을 모아 쥐고 잠들어 있는 놈의 모습에서 애잔한 덧정이 물큰하게 솟았다. 각시가 빠진 기이한 소꿉놀이 같은 홀아비살림의 음영이 주렁주

렁 늘어진 방 안에 촉루가 소리 없이 흘러내렸다.

　동규가 수궁리에서 이곳 강원도 산간으로 옮겼다고 했을 때, 농사를 다시 시작하겠다는 각오를 말했을 때 나는 그나마 적이 안심할 수가 있었다. 수궁리라는 동네가 강을 끼고 있기도 했지만, 나는 수궁리에 가서 놈을 만날 때마다 강가의 어린아이를 보는 심정이 되어서 돌아오고는 했었다.

　진정한 시인과 진정한 농군은 이상적인 궁합 같았다. 농경시대의 후예들에게 그건 어쩌면 자연스런 통념이었다. 하지만 내가 시를 버리게 된 것은 사이비 시인이 될 자신이 없었기 때문이었을 것이다. 그래서 동규 놈을 볼 때마다 나는 빚쟁이한테 들킨 듯 황망스럽기도 했다.

　시를 포기하니 운이 따르기도 했었다.

　취업이 되었고 남보다 먼저 과장으로 승진했다. 삼팔선이니, 사오정이니 하는 신조어들이 항간에 떠도는 음담패설만큼이나 실없는 먼 강 건너 얘긴 줄로만 알았었다. 그러나 구조조정이 시작되자 과장급 이상이 먼저 물망에 올랐다. 운이라는 것은 거기까지였다. 아내라는 여자는 기다렸다는 듯이 결별의 수순을 밟기 시작했다. 벼엉,신, 모든 여자들은 결국 내게서 등을 돌리고 말았다.

　어젯밤 남자들은 곧 골아 떨어져 코골이를 하는데 지나는 혼자 자반뒤집기를 해가며 가끔씩 치통환자의 앓는 소리를 입술 사이에 사려 물고 끙끙댔다. 부엌문 앞에 매어 둔 진돗개의 혈통이라는 족속도 방 안의 동요에 따라 화답이라도 하듯이 낑낑거렸다.

 동규 형제는 수궁리에서도 개를 데리고 있었다. 어디서 몹시 얻어맞고 컸는지 주눅이 잔뜩 들어있는 놈이었다. 세퍼트만 하게 덩치가 큰 그놈은 사람이 가까이 가기만 하면 앞발 한쪽을 들어 제 얼굴을 가리는 시늉을 하며 뒤로 내빼고는 했다.

 누런 고름 같은 눈곱이 잔뜩 끼어서 짓물러진 눈자위에서는 진물인지 눈물인지가 흐르다가 말라붙어서 그의 인상은 더 츱츱해 보였다. 미욱한 아들놈 같은 주인 동규가 헐어빠진 널빤지를 주어다가 얼기설기 질러서 만들어 준 개집이 노추에 찌든 견공에게는 하나의 든든한 울타리였으리라. 햇볕바라기를 할 때 외에는 그는 늘 그 판자울 집에 미동도 없이 들어앉아 있었다. 짖는 법도 없이. 그렇게 개 같지 않은 개의 경우는 내 생전 처음이었다. 사람으로 치자면 이미 미수를 넘겨 온몸에 저승꽃이 만발한 노옹. 견성(犬性)이라고는 털끝만큼도 남김없이 죄다 떨어져나간 짐승은 그저 살아서 꿈지럭대는 하나의 목숨붙이에 지나지 않았다. 그야말로 견성(見性)의 경지였던 것. 자리보전을 하고 누워 있는 친어른을 수발하듯 동규는 그 기진한 축생을 돌보고 있었다.

 "형, 한밤중에 혼자 깨어서 별을 보고 있으면 어떤 줄 알아요? 백학을 날린다는 게, 그게 그저 정신적인 금욕인 줄로만 알았어요. 생사영단(生死永斷), 그런 게 때로는 저절로 발심이 되더라요."

"뭐, 벌써 정각(正覺)에 이른 거야? 그럼, 이제 시 같은 건 쓸 필요가 없겠네. 시인이라는 경로를 거치지 않고도 아라한의 세계로 가겠다면, 그게 나사(NASA)를 빼놓고 곧 바로 우주로 가겠다는 건데……"

농담으로 받아넘겼지만 이미 범상함을 넘어선 것 같은 동규의 서늘함이 내 가슴으로 흘러들어왔다. 선망인지 열패감인지, 종잡을 수 없는 찌르르한 통증이었다.

도(道)에 입문하려는 자를 시험하듯 시를 쓰겠다고 들어오는 회원들을 상대로 나는 "백학을 날렸느냐?"는 생뚱한 질문을 던지고는 했다. 이를테면 남녀 간의 정념이나 세속의 오욕칠정 같은 것에 휘둘리지 않고 정결하게 시만 쓸 수 있겠느냐는 썰렁한 농담이었는데 여자 회원들은 대체로 종이학 백 장을 접겠다는 식으로 순수하게 결의를 다졌다.

"시를 쓰고 싶습니다!" 동규가 처음 문학 동아리 방에 나타났을 때 나는 첫눈에 알아볼 수가 있었다. 섬약한 선비의 후예 같은 얼굴에다 지사적인 풍모가 약간 섞인, 결코 걸물은 될 수 없지만 죄 짓고 살 놈은 아니라는 신뢰감을 주는 인상이었다.

"야, 너, 시 잘 쓸 것 같다. 평생까지라고는 장담할 수는 없겠으나 너 같은 사람은 천상 시인으로 태어났어. 관상에 그게 나타나거든." 첫 모임의 뒤풀이에서 내가 동규의 가슴에다 넌지시 한 마디 찔러 넣어주었다. 놈의 얼굴이 확 달아올랐다. 직통으로 큐피드의 화살을 맞은 꼴이었다. 시만 쓰며 살겠다고 놈이 수궁리로 들어가 버리자, 저러다 젊은 놈이 영 폐인이 되는 건 아닌가 싶어 나는 몹시 자책했다. 무책임하게 던진 선배의 말 한 마디가 장돌이 되어 놈의 생을 짓이겨 놓은 꼴이 되지 않았나, 하는 구업의 죄책감에서 벗어날 수가 없었다.

신헌화가(新獻花歌), 동규가 첫 작품으로 낸 시의 제목이었다. 지금 그 시의 내용까지는 기억할 수 없지만 그때 우리는 동규를 두고 모처럼 큰 제목감이 나타났다고 호들갑스러운 상찬의 말을 아끼지 않았다. 현재 동규에게 남은 건 천칠백 평의 산골짜기 땅뙈기와 2.5톤짜리 트럭 한 대뿐이다.

"투구꽃이다!" 앞서 가던 동규가 낮게 외쳤다. 로마 군사의 투구 모양을 닮은 진보라색 꽃잎이 땅을 향해 고개를 떨구고 있다. 사약의 원료로 썼다는 꽃이다.

"이것 봐요. 뒤 쪽의 꽃잎이 고깔처럼 전체를 위에서 덮고 있잖아요. 이 꽃의 별명이 초오(草烏)랍니다. 어찌 보면 날아가는 까마귀 형상을 닮기도 했어요."

"투구를 쓴 병사들이 죽을 때 독을 품었는가 보다. 전쟁에서 패한 장수들의 원혼이 실려 있다는 얘기지. 이 산골짜기가 혹시 한때는 치열한 접전지가 아니었을까?"

"역시 형의 그 시공을 넘나드는 다각적인 망상은 여전히 무너지지 않았다니까요."

"짜샤, 망상은 해수욕장이다. 해수욕장엘 가야 궁뎅이들을 실컷 보는데. 노루궁뎅인지, 오리궁뎅인지는 오늘 보여주는겨, 마는겨? 그게 또 착한 애들 눈에만 띄는 거라고 오리발 내미는 건 아니겠지?"

우리는 싱겁한 소리로 킥킥거리며 산길에 철퍼덕 주저앉아 땀을 식혔다. 말로만 듣던 맹독의 꽃을 실물로 보기는 처음이었다.

"어머나, 어떻게 이런 꽃에 독이 들어 있을까요?"

"꽃잎이 아니라, 뿌리에 독이 있답니다. 탐하는 자가 많다보니 독을 품는 것도 생존본능이지요. 꽃들도 자기 스스로 보호한답니다. 장미에도 가시가 있질 않습니까?"

지나를 지나치게 의식한 듯 강백은 혀끝을 바삐 움직여 입술에 침을 발라가며 몹시 상식적인 설명을 했다.

얼굴이 유난히 희고 탱탱했던 그 여자도 내게 독을 품었던가. 내게 사약을 내린 건 그 여자였다. 나는 벌써 죽은 남자였다. 그녀에게는.

내가 군에서 마지막 휴가를 나왔을 때 이미 그녀는 다른 남자의 아내가 되어 있었다. 후후, 너, 정말 내가 첫 여자였니, 이런, 이런 어쩌나? 가여운 우리 도련님을, 우리 남편 돈 무지 많은 남자다…… 내가 맥주잔을 들어 그녀의 얼굴에 확 끼얹었다. 벼엉,신, 내가 그럼 이 나이에 시인 지망생하고 로맨스나 나누고 있어야 하니?

한동안, 탱화 속의 보살같이 터질 듯한 얼굴을 가진 여자들이 밤마다 꿈속에서 내 하초를 더듬었다. 부어오른 듯 탱탱한 손등의 여자가 내 허리춤을 잡고 혁대를 풀지 못해 버둥거렸다. 벼엉, 신…… 그러나 막상 내 혁대를 풀어낸 여자들은 거칠게 화를 내고는 했다.

화사한 여자와 꽃은 독을 품고 있다는 점에서 공통점이 있다, 너희가 앞으로 남자로 살아가는 동안 이 점을 절대 명심하지 않으면 큰 낭패를 보게 될지도 모른다, 어쩌면 돌이킬 수 없는 인생의 과오가 될 수도 있다, 조심, 조심, 불조심, 그리고 여자조심이다…… 근엄하신 윤리 선생은 늘 이런 식으로 인간의 도덕을 가르쳤다. 〈개조심〉이라고 써놓은 집 앞을 지나갈 때마다 나는 〈여자조심〉으로 읽어내고는 했다.

"노루궁뎅이 말고, 진짜 이름은 뭐야?"

"본래 이름이래요. 강원도에서 펴낸 식물도감에도 그게 정식명으로 되어 있다니까요."

"그런데 왜, 하필 노루궁뎅이라고 했을까요?"

"산 속을 헤매느라고 오랫동안 굶다보면 보이는 게 그것뿐이거든."

내 썰렁한 대답을 이해했다는 듯 지나가 온 산에 메아리가 울리도록 깔깔거렸다.

동식이 앞장서서 쇠갈구리 달린 작대기를 들고 높은 참나무 가지 사이를 헤치고 다녔다. 그것은 이미 끝물이 되어 있었다. 낙엽이 푹신한 산비탈에 나란히들 누웠다. 동식과 강백은 금방 잠이 들었는지 낮게 코를 골고, 지나도 아이처럼 뱃숨소리를 낸다. 간밤에 설친 잠이 마구 밀려들 오는 모양이다.

"형, 고대 사람들은 버섯을 요정의 화신쯤으로 여겼다네요. 비옥한 땅에만 갑자기 나타났다가 또 쉽게 사라져버리니까 주술성을 지닌 영물로 취급을 했나봐요. 목숨을 빼앗아 가는 독버섯도 있으니까 더 그렇게 신봉을 했겠죠. 중국에서는 불로장생의 영약으로도 사용을 했을 정도라니. 내가 불로장생의 약을 캐어 줄 테니까 형도 이리로 들어와요. 형이 정말 하고 싶어 했던 거, 후회 없이 한 번 해봐요. 아직 늦지 않았어요."

"나는 그냥 저잣거리에서 오리궁뎅이 같은 것에나 탐닉하고 살란다. 너, 옛날 수궁리 사람들 다 여기 모이게 해서 예인촌으로나 만들어 봐라. 금초도 여기 맘에 들어 했다며?"

"형, 난 말야, 이곳을 별 바라기하는 원시 체험장으로 가꾸려는 꿈을 꾸었거든요. 그런데, 전기가 곧 들어올 모양이에요. 군수의 공약이 있었대요. 사실, 그게 낙관적일지도 모르지. 여기 전기 들어와 봐요, 하루 아침에 다 망가질 걸요……"

도심으로 돌아오는 길목 곳곳에는 궁전 같은 호텔들이 숨어 있

곰팡이 시인 *219*

었다. 남한강과 북한강이 만나는 합수의 지점에서는 물레방앗간 같은 사랑의 장소가 더 많이 필요한 것일까. 전희도 후의도 없는 간결한 사랑일수록 한순간 증폭되는 에너지를 빵빵하게 충전시켜야 했다. 강변을 따라서 오골계니 토종닭이니 산돼지 등의 보신용 고깃집도 즐비하다. 삼계백숙을 시켜 늦은 저녁을 먹었다. 산간 오지마을에서 실컷 먹은 버섯류로는 아무래도 헛헛한 속을 달랠 수가 없었나보다. 지나와 나는 삶은 중닭 두 마리를 깨끗이 발라먹었다.

"아까, 강백이란 사람 말이에요. 자기 핸드폰 번호 알려주는 거 있죠. 자기가 거기다가 집 지으면 나보고 놀러 오래요. 참, 웃겨요. 그까짓 촌구석 땅 좀 가진 게 뭐 그리 대단하다고."

포만한 웃음을 짓는 여자의 입가에 닭기름이 번졌다. 강백의 땅이 천이백 평이라고 했던가. 그깟 촌구석 땅이라니, 여자는 배가 부르다 못해 간까지 불러오는 모양이었다.

"그까짓 촌구석에 땅 한 평도 가지지 못한 나와 너는 그럼 뭐냐?"

"우리요, 글쎄, 도시의 곰팡이들?"

립스틱이 다 지워지고 기름기로 번들거리는 지나의 맨입술이 더욱 해쓱해 보인다. 그래서 여자들은 자나 깨나 립스틱 칠하기에 철저한가 보다. 인테리어 사업을 한다는 그녀의 남편은 지방의 현장을 뛴다고 들었다. 남의 집 치장해주느라고 제 집구석 서까래

무너지는 줄은 모르는 작자가 아닌가.

"곰팡이가 꽃 피우는 거 알아요? 삼천 년 만에 한 번 핀다는데 우담바라, 라고 그게 아주 상서로운 꽃이래요."

"그거, 풀잠자리 알이라고 밝혀졌잖아."

"에이, 검증된 건 아니고, 그냥 추측이에요."

"그래, 그런 추측들이 결국 다 전설이 되는 것이지. 우리 같은 도시의 곰팡이들도 운 좋게 간혹, 그런 꽃이 될 수도 있겠지……"

……죽은 나뭇가지에서도 피는 꽃, 곰팡이들
'6펜스의 세계'에서 '달의 세계'로?

만성변비에 걸린 글을 억지로 끄집어내려고 끙끙대느라 나는 지금 잠에 들지 못하고 있다. 형, 아직 늦지 않았다니까…… 동규 녀석의 속삭임이 자꾸만 여자의 콧숨처럼 목덜미에 달라붙어서 간질거린다.

정희 씨는 아주 연락 없니? 라고 내가 물었을 때 놈은 파드마삼바바가 여자 제자를 데리고 사라졌다는 전설을 믿을 수 있을 것 같다고, 선문답 같은 대답을 했다. 아무래도 녀석은 바라골을 버리고 또 어디로 숨어들어갈 모양이다. 혹시 머리라도 깎을 셈인가? 그런데, 너는 절대 절에 들어가서 살 관상은 아니다!

못난 놈이 효자 노릇한다고 그 버려진 산 속의 땅이 나중에 개발이라도 된다면, 곧 전기가 들어온다고 했지, 헉, 우담바라가 따로 없네. 혹시, 녀석이 땅주인의 사주를 받은 건 아닐까. 병하 선생처럼 보너스 지분이라도? 녀석, 떡고물이라도 조금 떨어진다면 깡 산촌에서 뭔들 못하겠는가. '순수 자연산 태양초'라고 인쇄된 종이 박스를 주문해놓고는, 고추 말리는 헛간 안에다가는 구들을 파는 놈의 수작이라니…… 요망스런 잡념이 더욱 잠을 쫓는다.

그렇다고, 단잠에 빠져 있는 여자를 흔들어 깨울 수도 없다. 다만 가끔씩 한 지붕 아래서 잠드는 사이일 뿐인 여자와 나는 함께 소유할 무엇이 없으므로 함께 나눌 무엇 또한 없다. 곰팡이들처럼 적당한 조건 안에서라면 우리들의 관계도 적당하게 유지될 것이다. 비옥한 땅의 조건이란 걸 인위적으로 만들어서 속성 재배하는 버섯공장쯤? 하여튼, 곤하게 잠들어 있는 여자의 얼굴이 더없이 평온하다.

작품해설

상처의 계보학과
애도의 글쓰기

김양선

작품해설

상처의 계보학과 애도의 글쓰기
세상을 부유하는 그녀(들)를 기록하다

김 양 선
(문학평론가, 한림대 교수)

1.

아네모네, 즉 말미잘에 기생하여 살고 있다 하여 아네모네 피쉬라 불리는 물고기가 있다. 아네모네 피쉬는 평소 말미잘에게 먹이를 제공하고, 대신에 자기가 위기에 처했을 때는 말미잘에 몸을 숨긴다. 이 소설집의 표제작이기도 한 「아네모네 피쉬」에서 작가는 아네모네와 공생관계, 하지만 기실은 아네모네에 기생해 생활하는 물고기의 습성을 남성에 빗대고 있다.

여기 '초이'라는 한 여자가 있다. 원래는 성이 '최'였으나 영어식 이름 '초이'를 씀으로써 과거 자기의 정체성을 부정하고 바꾸고 싶었던 여자. 서른일곱 해를 불꽃처럼 살다 신용불량자로 생을 마감한 여자. "어느 일요일에 죽어 버리자"는 전혜린의 시(詩)를 지지대 삼아 자살을 감행한 여자. 그녀는 살아 있는 동안 제대로 된 가족을 갖지 못했고, 남자와 결혼을 하거나 연애를 한 적이 있지만 이 남자들은 초이의 정체성을 보장해주거나 안정감을 주지 못했다. 때로는 사막 같고, 때로는 풍랑이 일렁이는 막막한 바다 같은 이 세상을 함께 견디며 살아가야 할 남성과 여성. 이 작품집은 공생해야 할 남성과 여성이 서로에게 상처를 주고, 어긋나면서 빚어지는 환멸과 좌절, 상처에 현미경을 갖다 댄다.

2.

「아네모네 피쉬」에 등장하는 여성과 남성들은 이름 석 자를 온전히 가지지 못한 흐릿한 존재들이다. 초이의 원래 성은 '최'이고, 초이의 두 번째 남편 '케니'의 원래 이름은 '김성제'이고, 죽기 직전 연인이었던 남자는 P로 불린다. 정식 혼인관계에서 태어나지 않은 초이는 태어남 자체가 난센스였다. 그녀는 첫 번째 결혼에서 시집식구들로부터 내침을 당했고, 필요에 의해 두 번째 결혼을 하지만 이 역시 실패로 돌아간다. 깊은 바다 속을 부유하는 "심심한 어족류"처럼 생을 낭비하는 P는 초이가 죽은 뒤 그녀의 단 하나뿐인 재산인 아파트를 가로챈다.

여자들에게 붙어서 기생하는, 혹은 여자들에게서 위안을 찾다가 필요가 없으면 가차 없이 떠나가 버리는 남자들은 "말미잘한테 붙어사는" 아네모네 피쉬 같은 존재들이다. "(초이는—필자 주) 너 같은 놈을 위한 바다의 말미잘이 아니라구. 너 그거 알아? 돌아갈 곳이 아주 없는 여자에게 그 아파트라는 게, 자기 소유의 집이라는 게 어떤 건지나 알아? 그래 너같이 천성적으로 침입자 체질인 놈들이 그런 걸 알아서 뭣하겠어. 공생관계? 이 세상에 그런 이상적인 비즈니스는 없어.(104쪽)" 이것이 초이와 남자들의 관계, 궁극적으로는 남녀 관계를 바라보는 '나'의 비관적인 세계관이다. 「아네모네 피쉬」는 결정적으로 악하지는 않지만 유약하거나 무능력한 남성들이 어떻게 여성에게 치명적인 상처를 입히는지를 이야기한다. 초이는 "무성생식처럼 불어나는 고통의 세포분열"에 필요한 진통제 혹은 최음제를 남성에게서 찾지만 근본적으로 이 남성들은 초이만큼 절박하지도, 순진하지도 않다. 자매처럼 친밀한 관계를 유지해 온 '나'는 겉으로는 쿨해 보이지만 이기적인 남성, 남녀 관계의 폭력성을 꿰뚫어 보는 존재이다.

'나'는 초이의 엄마를 만나고, P에게 빼앗긴 아파트를 되돌려주기 위해 애쓰고, 초이의 극락왕생을 비는 의식을 치름으로써 초이의 죽음을 애도하려 한다. 남녀 관계와는 달리 여성들끼리의 관계는 친밀하다. 나 역시 연애와 일에서 동시에 실패해본 경험이 있고, 때문에 초이의 고통스러웠던 짧은 생에 공감하고, 연민을 표할 수 있는 것이다. 바다 속을 부유하는 말미잘처럼 이 세상을 떠돌며 살았던 삶을 근본적으로 애도할 수 있는 행위는 그녀를 위해 정주할 수 있는 안식처를 만들어 주는 것이다. 해서 소설의 마지막에서 '촘촘하고 기름진 늪 같았던 엄마의 자호(子壺, 자궁) 속으로 미끄러져 들어가는 것'은 생명의 원천으로의 회귀를 뜻한다. 엄마의 엄마, 엄마로 이어지는 삶의 고단한 이력을 물려받았을지라도 나 그리고 초이로 대변되는 상처받은 여성들은 역설적으로 그 여성의 역사 속에서, 그녀들의 역사를 대신 들려주고 쓰는 행위를 통해 삶의 의미를 찾는 것이다.

3.

그렇다. 작가는, 그리고 소설 속 여성 화자들은 '그녀'들의 고단하고 부박한 삶의 역사를 대신 '쓰는' 존재이다. 이 소설집에 등장하는 여자들의 삶은 한결같이 고단하고, 남루하고, 슬프다. 오랜 연애를 끝냈거나, 직장을 잃었거나, 이 두 가지가 그녀들의 삶에서 동시에 발생한다.(「중향」, 「녹천」, 「아네모네 피쉬」) 아니면 바람을 피우거나 경제적으로 무능력한 남편과 별거나 이혼을 한 상태이다.(「돛배가 오는 시간」, 「황색 바람」)

정서적, 경제적으로 불안정한 이들의 삶은 고독하고 더할 수 없이 지리멸렬하다. 그런 점에서 이 소설집의 소설들은 요즈음 한국 소설의 주 흐름이라 할 수 있는 루저(loser)문학의 계보와 맞닿아 있다. 하지만 루저문학이 대부분 20대 청춘들의 불안한 삶의 조건을 다루고 있는 데 반해, 이 소설의 주인공들은 대개 결혼 적령기를 놓친 30대 중반 이상의 미혼여성이거나 새로운 인생을 기획하기에는 어정쩡하게 나이가 들어 버린 중년여성들이다. 이들은 앞으로 나아가지 못하고 과거 연애에 묶여 있거나 가족사의 비극―대체로 엄마가 정열적인 연애 끝에 나를 낳았으나 이미 가정이 있거나 부도덕하거나 무책임한 남자/아빠는 엄마를 떠난다―에 짓눌려 내향적인 삶을 산다. 「아네모네 피쉬」에서 초이의 엄마와 초이로 이어지는 모녀 관계, 「동백나무 열매가 하는 말」에서 외할머니 오독네, 어머니 갱이네, 딸 새이로 이어지는 모녀 관계는 여성의 역사가 현실의 세계에서는 정념, 바람기, 남자의 배신과 같은 것으로 얼룩져 있지만, 그것을 "어머니 자궁 속같이 아늑하고 아득한", "따뜻하고 부드러운 기억"으로 거슬러 올라감으로써 결핍과 결락의 역사를 치유하려는 의도를 보여준다. 현실 세계를 대체하는 이 강력한 어머니―자궁의 세계, 원천의 세계를 지배하는 핵심적 이미지는 "건조하게 오래오래 살아서 화석처럼 늙어가는 여자"(「동백나무 열매가 하는 말」)로서 작가의 소설에서 반복적으로 나타난다. 이 여자들은 이런 저런 인연의 끈이 맺고 끊어지는 반복적 과정을 거치면서 "따개비보다 더 단단한" 내면을 소유하게 된 여성들이다.

단단하지만 역설적으로 깨지기 쉬운 이 여성들은 자신들과 같은 처지에 있는 여성들에게서 위안을 얻는다. 「동백나무 열매가 하는 말」에서 해니와 새이, 「돛배가 오는 시간」에서 여자와 R, 「녹천」에서 나와 경표 언니, 「황색 바람」에서 부혜와 형숙의 관계가 그러하다. 이들은 사랑하는 사람을 잃고, 남편과 결별하고, 아이를 낙태하고, 자궁을 잃어버리는 등의 여성만이 알 수 있는 상실의 경험을 공유하기에 같은 성의 여자에게 동질감을 느끼는 것이다.

4.

그렇다면 그녀들은 깊은 바닷속처럼 깊이를 알 수 없는 절망과 상실감에서 벗어나기는 한 것일까? 소설집 여기저기에 출몰하는 사연 많은 여성들은 지금/이곳에서의 상실감을 자의든 타의든 죽음에 이르거나 인간의 시간이 아닌 신화 혹은 종교의 시간으로 회귀하는 것으로 대체하려 한다. 가령 「돛배가 오는 시간」에서 여자와 R은 여자의 전 남편이 있는 남해로 가는 길에 자동차 사고를 당하는데 죽음의 순간은 다음과 같이 빛과 색채와 소리, 그리고 냄새가 함께 섞이는 황홀한 순간으로 표현된다.

> 여자는 비로소 천 년 동안의 잠의 동굴, 그 아늑한 터널 속을 무사히 통과한 것 같아 안심이 된다.
> 어느 휴일 오후, 탱자색과 귤빛이 어우러진 환희의 채도로 익어가

는 새우튀김의 바삭한 냄새와, 규칙과 불규칙이 부딪치고 튀기며 조응하는 심포니의 소리가 뭉근하게 퍼지던 거실의 풍경이 인상파 화가들의 환상된 빛의 소묘처럼 아스라이 빛난다. 여자의 머릿속이 점점 황홀해진다. (142쪽)

여자와 R은 죽는 순간, 그 짧은 찰나에 "천 년 동안의 잠"처럼 피로했던 이승에서의 삶을 내려놓는데, 이 순간 여자가 보는 것은 이승에서 남편과 행복했던 한때이다. 작가는 이 찰나에 빛과 소리와 냄새가 어우러진 기억의 현현을 불러옴으로써 여자의 죽음에 대해 최대치의 위안과 애도를 표하고자 한다.

「중향」 역시 독특한, 일종의 불교적 방식으로 상처받은 이들의 죽음을 애도한다. '중향'은 "강바닥의 모래알만큼 무수한 붓다의 나라를 마흔 두 번 지나친 후에 중향이란 나라에 들어갈 수가 있는데, 그 나라에서 풍겨 나오는 향기"를 일컫는다. 한편 소설에서 '중향'은 사체 해부를 하는 인체기학 연구소의 이름이기도 하다. '나'는 한 박사의 조수로 일하면서 인체의 장기들을 들여다보고 기록하는 일에 몰두한다. 때문에 "모든 감각의 뿌리까지 더듬어 내려는 탐색의 자세"로 사람을 파악한다. 이 소설을 지배하는 것은 냄새 혹은 향기이다. '나'는 특유의 미시적이고 해부학적인 감각으로 사람들의 사연을 포착한다. 절에서 우연히 만난 '그 여자'(혜주) 역시 "생의 갑절 이상을 살아버린 것같이 정제된" 체취, "체액이 모두 증발된 그림자의 냄새", "바람결 같은 정향의 냄새"

로 표현된다.

> 여자들은 누구나 한쪽 겨드랑이 밑에 향주머니를 차고 있거든요. 그건 파파노인인 여성 안에서도 절대적으로 존재한다는 점에서는 모성의 원액과도 같은 것이지만 맹목적으로 누출되지 않는 신축성을 가지고 있는 면에서는 모성과는 엄연히 다른 것입니다. 그건 옛 여인들이 치마 밑 깊숙한 속곳 솔기에 달아 놓았던 사향 주머니처럼 깊이 감춰진 것입니다……. (40쪽)

여기서 혜주에게서 풍기는 정제된 체취, 여자들이 누구나 차고 있다는 향주머니는 여성들의 고유한 삶의 이력을 의미한다. 나 역시 "새로운 피사체에 탐닉하는 광기"를 지닌 지우라는 남자와의 연애에 실패한 경험이 있고, 때문에 혜주나 이국 여성의 "사향 주머니처럼" 깊이 감춰진 사연을 읽어낼 수 있는 경지에 이른다.

소설 마지막에서 '나'가 젊은 여자의 사체를 조각내어 '아홉 개의 구멍' 즉 '구규(九竅)'를 더듬어 내는 것은 예의 자기만의 사연을 가진 여성들의 고단한 삶을 애도하는 독특한 행위라 할 수 있다. 그리고 그 행위는 나 자신을 애도 혹은 위무하는 행위이기도 하다. 소설 마지막에서 여자의 구멍들 속으로 나를 밀어 넣는 행위, 구멍들을 통과해서 어디론가 나아가는 상징적 의례 행위는 환상적으로 처리되어 있지만 비교적 의미는 선명해 보인다. 누구나 이승의 삶을 살아가면서 '마흔 두 번' 혹은 그 이상의 관계 맺음과 상실을 경험한다. 그리고 상처와 마주하고, 상처를 관통함으로써 여성의 내적 성숙은 '중향'의 그것처럼 완성될 터. 해서 나는 죽은 여성의 몸과 사연과 합체를 시도하는 것이다.

5.

그렇다면 '아네모네 피쉬'처럼 여성들에게 기생해 살아가는 남성들은 상처와 상실로부터 자유로운가? 「황색바람」의 '동민', 「물고기 정거장」의 '박', 「곰팡이 시인」의 '나'를 보면 전혀 그렇지 않다. 이 남성들은 권력과 돈과 같은 주류 질서로부터 밀려난 '곰팡내 나는', 쇠락한 루저들이다.

먼저 「황색바람」의 동민은 한때 세상을 바꾸고 싶은 순수한 욕망을 지녔던 80년대 운동권 세대이지만 지금은 속악한 정치판을 기웃거리면서 불안정한 삶을 살고 있다. 그는 오십 초반에 정치판에 마지막 배팅을 하느라 전 재산인 아파트를 팔아치우고, "집도 절도 없는 무능한 남편과 아버지"라는 오명을 받는다. 게다가 이 때문에 아내인 부혜와 별거 상태에 있다. 한때의 열망이 식어버려 화석처럼 혹은 전설처럼 굳어진 삶은 이 작가의 다른 소설들에서도 반복적으로 나오는 모티프이다. 특히 이 소설은 50대에 접어들었지만 여전히 삶의 안정성을 누리지 못한 채 반지하나 답답한 오피스텔을 떠돌아야 하는, 청춘의 열정과 희망을 잃어버린 세대에 주목한 점이 이채롭다.

여기서 황사바람의 냄새는 "치열한 시대의 한 지점을 통과해 왔거나 삶의 한 궤를 같이 했던 동류의 사람들에게 남아 있는 지독한 냄새"이자 "아직도 떠도는 자들이거나 떠도는 자를 은닉하고 있는 공범자들에게서만 풍기는 비정함의 기류" 혹은 "늙은 고양이의 처절한 탄식 같은 비릿한 슬픔의 냄새"(163쪽)로 인지된다. 그러니까 소설 속 모든 피로한 인물들에게 해당되는 것이다. 작가의 말대로라면 한국 사회의 4, 50대들은 사회변혁이나 연애에 대한 열정으로 표상되는 '마그마', 혹은 변혁이념의 도식성 혹은 삶을 대하는 진지함을 뜻하는 '도그마'의 세상을 거쳐 왔지만 지금은 "이제 그런 건 없어"라고 단호하게 실패를 자인할 정도로 패배감에 젖어 있다.

「물고기 종점」의 '박' 역시 젊은 날 "건장한 육체"와 반반한 외모를 무기 삼아 여러 여자들을 전전한 이력이 있지만 지금은 한갓진 시골의 버스기사로 살아간다. 버스의 종점 같은, 혹은 막차 같은 삶인 것이다. 아무리 그가 외지에서 온 여자들에게 관심을 보이고, 성적인 상상을 한다 하더라도 현실은 그를 "유리관 속에서 종일 입만 뻐끔거리는" 물고기처럼 답답하고 갇혀 있는 존재로 취급할 뿐이다.

소설집 마지막에 나오는 「곰팡이 시인」에도 다수의 남성 — 루저(들)가 등장한다. 한때 시인을 꿈꾸었으나 현실과 타협하여 직장생활을 하지만 구조조정을 당하고 그 여파로 아내와 이혼을 한 '나', 수궁리 혹은 바라골과 같은 강원도 오지에 칩거하면서 농사를 짓는 동규, 그리고 그들 주변에 있는 화가나 도예가들은 "모범적인 시민으로서는 대체로 실격자들"이지만 그들만의 리그를 결성하여 삶을 소진하고 있다. 그나마 농민으로 살아가는 동규는 '견성(見性)'과 '정각(正覺)'의 순진한 마음가짐을 지녔지만, 도시의 삶을 포기하지 못한 '나'는 자신을 해묵은 '곰팡이'에 비유하면서 유부녀인 지나와의 희망 없는 관계를 유지하며 살아간다. 영악하고 속물적인 여자들로부터 상처받은 '나'는 비루하거나 소모적인 삶을 그저 적당히 유지할 수밖에 없다는 위악적인 포즈를 취함으로써 실패한 자신에 대한 알리바이를 만드는 것이다.

6.

이천 년대 이후 한국 소설의 압도적인 경향을 평자들은 흔히 '루저문학', '칙릿문학'이라고 부른다. 대부분 20대, 많아야 30대 언저리 청춘들의 불안과 삶의 풍속도에 집중하는 이런 소설들로 인해 '어른'(?!)의 문학이 사라진 측면도 없지 않다. 이 소설집은 희귀하게도 30대 중반, 혹은 그 이상 나이를 먹었고, 속악한 현실 논리로 인해 실제 나이보다 더 조로해버린 어른들의 사연에 주목하고 있다.

모 통신회사의 광고처럼 '빠름'이 절대 명제가 되어 버린 현실, 모든 것이 빛의 속도로 출몰했다 사라져 가는 '스마트'한 시대를 이 작가는 힘겹게 거슬러 올라간다. 관계맺음에 실패한 이들의 남루하고 유장한 생의 이면을 꼼꼼하게 기록하는 애도와 치유의 글쓰기는 이 소설집이 거둔 소중한 성과이다.

작가의 말

　여름내 자주 가는 동네 뒷산에서 아기를 밴 고양이와 만났다. 그늘 자리에서 책을 볼 때면 고양이도 내 발치에 누워서 나름 삼매경에 빠지고는 했다. ─물론 내 스마트폰에는 아직도 '인증샷'이 들어 있다.
　나날이 부풀어 오르는 고양이의 배를 보면서 나도 같이 태교를 했던가. 고양이의 언어를 모르는 나는 무턱대고 내가 좋아하는 시인의 시집들을 읽어주거나 노자의 『도덕경』 같은 문장들을 외워주었다. 인간의 삿된 친절에는 무심한 듯 늘어진 뱃구레를 부려놓고 한가로이 오수를 즐기는 고양이 임부의 모습이란 방만한 행복의 진경이었다.

　너무 이른 나이에 시집을 온 어머니는 첫아이인 내 오빠를 배었을 때, 부풀어 오르는 배가 부끄러워서 장에 나갈 때면 대소쿠리로 배를 가리고 다녔다고 한다. 아주 어렸을 때 들은 어머니의 그 말이 이상하게도 잊히지 않는다.

　미동도 없이 내 곁에 누워서 혹서의 한때 순간을 같이 했던 그 고양이가 드디어 몸을 풀었다. 아침저녁 오스스한 산바람을 맞으며 고양이와 내가 농언을 나눈다. 내 운동화 뿌리를 핥으며 뒤집어지는 녀석의 배퉁이가 홀쭉해졌고, 대신 앙증스런 여덟 개의 분홍 젖꼭지가 더 도드라졌다. 하, 아니 볼 것을 본 것도 아닌데 괜스레 내 시선이 서늘해졌다.

네 아이들은? 예쁘지, 참 예쁠 거야. 내가 호기심을 보일 때마다 녀석은 새침해진다. 제 아이들에 대해서는 절대 침묵이다. 아마도 저만이 아는 비밀스런 장소에 은닉해 놓았을 테지. ―이제 '인증샷' 같은 건 찍지 말자.

너무 오래 묵혀온 말들이다.
소중하고 귀한 것들은 오래 머물지 않는다.
그들이 떠난 한참 만에 참말들이 마구 쏟아졌다. 그런 것들은 왜 그렇게 언제나 늦게 오는지. 어쩌면 그게 진실의 본얼굴이 아닐까. 아니, 그것마저도 환(幻)은 아닐지…….
이제 꿈속에서조차도 보이지 않는 한 친구. 여기 나오는 애도의 문장들은 결국 나를 위한 비가(悲歌)가 아닐까. 그런데 사실은, 그리 기쁜 일도 없듯이 그리 슬픈 일도 없다.

한마디 말로써 열락(悅樂)에 닿기를 꿈꾼 적이 있었다. 말 속에 갇혀서 살아야 한다면 차라리 작가가 되는 것도 나쁘지 않았다. 다만 더 지극하게 깊어진다면…….

2012년 9월에
황영경

아네모네 피쉬

인쇄 2012년 9월 24일 | 발행 2012년 9월 28일

지은이 · 황영경
펴낸이 · 한봉숙
펴낸곳 · 푸른사상사
주간 · 맹문재 | 편집 · 지순이 | 마케팅 · 박강태

등록 제2-2876호
주소 서울시 중구 초동 42번지 아시아미디어타워 502호
대표전화 02) 2268-8706~7 | 팩시밀리 02) 2268-8708
이메일 prun21c@yahoo.co.kr / prun21c@hanmail.net
홈페이지 www.prun21c.com

ⓒ 황영경, 2012

ISBN 978-89-5640-948-1 03810
값 13,000원

☞ 저자와의 합의에 의해 인지는 생략합니다.
이 책의 전부 또는 일부 내용을 재사용하려면 사전에 저작권자와 푸른사상사의 서면에 의한 동의를 받아야 합니다.
e-CIP 홈페이지(http://www.nl.go.kr/cip.php)에서 이용하실 수 있습니다.
(CIP제어번호 : CIP2012004411)